感动童年的
阅读

陈蓉　主编

中国社会科学出版社

图书在版编目（CIP）数据

感动童年的阅读 / 陈蓉主编. —北京：中国社会科学出版社，
2013.4

ISBN 978-7-5161-2106-1

Ⅰ.①感… Ⅱ.①陈… Ⅲ.①儿童文学—图画故事—阅读辅导
Ⅳ.①I058 ②G252.17

中国版本图书馆CIP数据核字(2013)第035081号

出 版 人	赵剑英	
责任编辑	王　斌	艾　可
责任校对	姚　颖	
责任印制	王　超	

出版发行	中国社会科学出版社
社　　址	北京鼓楼西大街甲158号（邮编 100720）
网　　址	http://www.csspw.cn
	中文域名：中国社科网　010-64070619
发 行 部	010-84083685
门 市 部	010-84029450
经　　销	新华书店及其他书店

印　　刷	北京君升印刷有限公司
装　　订	廊坊市广阳区广增装订厂
版　　次	2013年4月第1版
印　　次	2013年4月第1次印刷

开　　本	710×1000　1 / 16
印　　张	12.75
插　　页	2
字　　数	166千字
定　　价	39.00元

凡购买中国社会科学出版社图书，如有质量问题请与本社联系调换
电话：010-64009791

光彩捧起

看见一个孩子在阅读一本很"光彩"的书，我们会想，这是他的父母让他这样"光彩"地捧起的吗？听见学生们说，他们喜欢童话，读过这一篇，读过那一本，接着报出一个个温暖而梦幻的书名。我们也立刻会想，那一定是有一个很诗意、很飞扬的老师，在他的讲台上常常浪漫地向他的学生们布置着，讲述着！

我们这样想，这样美好地猜测，真是特别合乎逻辑，而且准确地看清楚了父母、师长，和孩童的天然关系。我们也看清了父母及师长应有的引导力，可有的影响力，必有的关怀力。他们是应该拥有这样的"光彩"能力，他们必须诗意、飞扬地站在高处，每一天都浪漫地践行着高处的引导，每一天没有声张，却已在家中和课堂间关怀了孩童往高处的行走。它是一个不用声张的文化和伦理契约，也是"李利"式的日常劳动。

所以，很多年里，我们向儿童推广阅读，让他们和文学、童话亲近的时候，也一定同时推广至成年人，推广至父母，推广至老师和课堂，推广至他们的校长，甚至推广至教育局局长。让他能够在儿童阅读的文学里露出笑容，无限感动，知道天下有重重的知识，还有这些轻盈的故事；有那些弯弯曲曲的深道理，可以研讨一千年，也有这些明

明白白的浅叙述，阅读了、听见了，立刻阳光满怀，泪流满面，只要活着，一千年都会想念。

于是他们就可能像《我怎样学习地理》里的爸爸——口袋里的钱买不起面包，但可以买一张地图，挂起来让饥饿的儿子看着、读着，飞翔进地图的高山和大海，让已经干干瘪瘪的心里变得鼓鼓囊囊，味道满溢；也可能像《星期三书店》里的蹒跚老人——星期三总是走进书店，坐下读书，那位老人在圣诞节的时候得到了一本书的礼物，而那个孩子从这个老人的蹒跚的脚步和躬屈的阅读身姿里，得到了一生的书，一生的阅读，一生做人的挺拔和优雅；还可能像《欧先生的大提琴》里的欧先生那样——坐在废墟的广场上拉大提琴、吹口琴的时候，看了一眼那个窗口女孩，于是告诉她：亲爱的孩子，音乐、巴赫、艺术是可以帮助我们度过的，如果我们愿意把四处都当舞台，那么四处就都有活力，都有热情的呼吸，而我坐在废墟里，你站在饥饿的窗口，我们也已经是一个胜利童话！

将阅读向儿童之外的范围进行大推广、大普及，是一件十分美丽的事情，是中国现代文明之后从没有来得及做的。作为第一批将这种推广规模化的我们，难道不像童话中的"欧先生"吗？

成年人熟悉儿童阅读，那么儿童阅读的路途就不会坑坑洼洼；儿童的文学和童话不被扔弃在童年围墙的外面，那么童年的围墙里就满空奇异，遍地有诗，他们通往外面的路上也会满心晴朗，遍地热情。这很像是愿望，但它肯定会成为现实；这也像是童话，但这是个生活里的童话。

推广至成年人，那就把整个国家推动了；所有的孩子被推广了，未来的国家就会相信童话。就像伦敦奥运会，他们把一个个的童话放进开幕式，放进闭幕式，连一个成熟男人唱的歌都是来自童话电影《查理和巧克力工厂》。童年、童话都是值得成为一个文明国家的旋律，

一个国家的旋律里有童年、有童话，这个国家就不会"闭幕"，永远唱着年轻的歌，做着年轻的梦。

我站在这里抒情地说着这些话，意思都是：成年人啊，儿童是跟着你们走的，儿童是跟着你们阅读的，儿童的趣味是跟着你们的，儿童的方向一定也是在你们的方向里的！

你们的方向里有多少向阳的葵花，他们就有多少向阳的绽放；你们的趣味里有多少童话的荡漾，他们的生命里就有多少荡漾的童话；你们的阅读里不只是关于金钱的智慧，不只是技能的设计，不只是宫廷的算机和颠覆，而是也充满夏洛般的诗意书写和相助，小王子式的寓言寻找和童话刻画，那么跟着你们的儿童也就都能挂上威尔伯那样的大奖章！记住了，你们走在前面，他们跟在后面。我们为他们把路牌竖起来，他们就朝着路牌的方向走去。

像刚才我讲的那个"擦洗路牌的"童话里的男人一样吧，既学会了听莫扎特和贝多芬的乐章，又喜欢背诵歌德和布莱希特的诗篇。被他擦干净的路牌里已经蕴含着生命大诗意、大智慧的指引！而我们擦着路牌，讲着童话，我们不等候谁来感谢我们，我们会自己骄傲地为自己鼓掌，鼓啊，鼓啊，我们不想停下。

梅子涵

（儿童文学作家）

序二

爱的发现与传递

绘本起源于欧洲，现在被公认为是适合儿童早期教育的最佳读物，欧美学龄前儿童读物中的70%是绘本。绘本是孩子们接触书籍、体验阅读乐趣、开启阅读人生的起点。绘本阅读是一个人的阅读成长不可或缺的阶段，因为绘本具有直观性与形象性，符合儿童审美需要和心理发展的特点，在长期绘本阅读中，能潜移默化地激发儿童对阅读的兴趣，对儿童的思维、语言的发展和审美能力的提高有很大的积极作用，可以说，绘本阅读是对儿童身心综合素质的培养。

绘本不同于一般读物，最适宜的阅读方式是亲子共读和分享式阅读。发达国家的绘本阅读具有广泛的家庭、学校、社区和社会认知基础。在美国，公共图书馆广泛开展绘本阅读和故事会等活动，绘本对于儿童的价值和功用已是图书馆界的共识，因而图书馆馆员是主要的绘本阅读推广人。可以说，绘本阅读是美国公共图书馆的常规服务，绘本推广是儿童图书馆馆员的基本功。但在我国，绘本还是个新鲜事物，绘本的价值和作用还没有得到广泛认可。我国的绘本阅读刚刚起步，绘本出版还处在以引进译介为主的起步阶段，绘本推广方面只有少数出版机构和公益组织从事绘本馆形式的公益性推广活动。在我国公共图书馆界，可以说，广大图书馆馆员对绘本的价值认知还远远没有到

感动童年的阅读

达共识的阶段，我国公共图书馆的儿童阅读推广力度薄弱的原因在于儿童权利意识和儿童优先意识的缺乏，在这方面我们还有很长的路要走。

作为一名父亲和公共图书馆馆员，在公共图书馆儿童阅读，特别是绘本阅读推广方面，我非常期待榜样人物和成功案例的出现和推广。近年来，陈蓉馆长领导的江阴市图书馆将绘本阅读推广作为倡导儿童阅读的重要方式和抓手，2009年6月1日率先在公共图书馆开办了集绘本展示、语言教育、亲子活动、阅读指导、故事会等功能于一体的儿童绘本馆，推出了"种子乐读绘本故事会"、"亲子读演坊"、"种子妈妈读书会"等一系列绘本阅读推广活动，取得了非常好的反响和社会效果。我认为，这正是我国公共图书馆界推广绘本阅读、倡导亲子共读的典型案例。

好书需要发现，更需要传递。好书给人力量，童书哺育童心。我国是出版大国，新中国成立以来，我国出版的儿童读物近60万种。现在每年的童书出版量接近4万种。面对如此海量的童书，我们确实需要能够发现好书的慧眼。好的绘本中蕴含丰富的能量，而且是远远没有被发掘的能量，是被低估的、然而营养最为均衡的儿童文化食粮。好绘本的发现，是爱的发现，需要儿童视角，需要以童为本，需要共读与分享。今天的中国，我们不是没有好的童书，也不缺少判断好书的标准，更不缺乏获得好书的渠道，缺乏的是负责任的态度和潜心推广好书的社会主体——公共图书馆的参与。童书的发现不是一项简单的事情，需要爱和责任。品读本书收录的几十篇文章，我深切地感受到江阴图书馆同仁们那敏锐的爱的发现能力和传播爱的责任态度。文中处处流露出作者们对孩子的无限的细致的爱，我相信，这种以阅读绘本方式进行的爱的发现与传递，深深地影响着每一个走进江阴图书馆的孩子。当然，我也看得出，这是个爱的发现和传递的相互过程，正如英国诗人华兹华斯所说："儿童乃是成人的父亲。"我们与孩子们在一起阅读绘本的时候，从孩子的视角出发，成年人也会学习与感悟到许多。这一点也从本书的字里

行间得到印证。

　　"一颗沙里一个世界，一朵花中一座天堂。"每册绘本如同一朵待放的奇妙花朵，只要认真浇灌、呵护与培养，就会从中看到一座美丽的天堂。正如本书的作者妈妈们所感悟的那样：与孩子们共同搭建一个天堂，把无限放入他们的手掌，与孩子们共同成长，共同进步，是这个世界上最为美妙的事情。而我也相信，通过阅读本书，更多的家长和孩子们会加入到阅读和推广绘本的行列中来。而我更期待更多的图书馆馆员走入绘本阅读推广这项爱的发现和传播的事业中来，让我们一起接续传递爱的力量。

　　　　　　　　　　　　　　王志庚
　　　　　　　　　（中国国家图书馆少年儿童馆馆长）
　　　　　　　　　　　　2012 年 12 月 4 日

感动童年的阅读

目 录 ||

序一 / 1

序二 / 4

NO.1 一个故事一座花园

故事刚开始 / 许晶晶　　　　　　　　003

甜美的糖甜甜的书香 / 殷倩珠　　　　007

害怕浪费 / 金 静　　　　　　　　　010

播撒梦想 / 华万英　　　　　　　　　013

穿行画面 / 凌 娜　　　　　　　　　015

趣味解读 / 陈 毓　　　　　　　　　018

鲜花盛开 / 金 静　　　　　　　　　021

学会耐心倾听 / 华万英　　　　　　　023

一颗默默无闻的心 / 华万英　　　　　026

爱是甜蜜的负担 / 华万英　　　　　　028

快乐的天马行空 / 杨 丽　　　　　　031

赶跑你心中的"孤独" / 陈俞英　　　　033

NO.2 守候启蒙之路

和绘本馆一起成长 / 华万英　　　　　039

结缘绘本 / 金 静　　　　　042

我愿做个花婆婆 / 金 静　　　　　046

女儿读书记 / 包玉红　　　　　049

孩子的"眼睛" / 张 蓉　　　　　051

觉醒的小路 / 陈 蓉　　　　　054

推开绿色小门 / 陈 蓉　　　　　057

因为讨厌 所以喜欢 / 陈 蓉　　　　　060

书是我的好朋友 / 庄 苑　　　　　063

兴趣和坚持 / 华万英　　　　　066

六步"读"曲 / 张 蓉　　　　　068

小蚯蚓 大世界 / 陈俞英　　　　　071

父母爱看图画书 / 金 静　　　　　074

涂写生命底色 NO.3

顺着红线向下翻 / 陈 蓉　　　　　079

给他自由，给他爱 / 金 静　　　　　082

远方风景 / 陈 蓉　　　　　084

守望也是一种幸福 / 金 静　　　　　091

獾，谢谢你 / 华万英   093

温暖告别 / 陈 蓉   095

玫瑰静悄悄地开了 / 殷倩珠   098

涂写生命底色 / 丁 红   103

牵起等待 / 张 蓉   105

追着爱跑 / 李亚芳   108

献给外公的朗读 / 李 磊   110

一场逃离的游戏 / 金 静   113

当你的头发在阳光下闪烁银光 / 陈俞英   115

NO.4 亲子教育现场

绘本榜样 / 季海燕   121

亲子表演——另一种体验 / 贡敏华   124

随你一起想象 / 陈 蓉   126

素描爱心树 / 陈 蓉   128

鳄鱼都刷牙了，你呢？ / 谈维玲   131

把爱装进包裹 / 华万英   134

爱你多一点 / 袁 燕   136

无处不在的"贝贝熊" / 袁 燕   137

左脚右脚齐步走 / 陈 蓉　　　　　140

表达，也是一种能力 / 张 蓉　　　143

妮妮，不可以 / 尹 培　　　　　　146

这样洗头不害怕 / 丁 红　　　　　149

大世界，不吓人 / 周亭亭　　　　　151

送你一颗"牙仙子" / 季海燕　　　153

三个人的红沙发 / 金 静　　　　　155

谁来搬走小猪的石头 / 金 静　　　157

裘裘会装死 / 金 静　　　　　　　159

最好的自己在这里　NO.5

半杯果汁 / 陈 蓉　　　　　　　　163

采集诗意 / 陈 蓉　　　　　　　　165

做一条小黑鱼 / 王晓燕　　　　　　169

发现阁楼 / 陈 蓉　　　　　　　　172

独一无二 / 金 静　　　　　　　　176

爱他，就让他去林间吧 / 陈 蓉　　178

智者必胜 / 华万英　　　　　　　　182

卡米拉的条纹 / 金 静　　　　　　184

跋 / 陈 蓉　　　　　　　　　　　187

一个故事一座花园

　　童年的绘本故事是一粒蒲公英、鲁冰花或向日葵的种子。妈妈和孩子在暖暖午后，真心诚意地把它种在城市、乡村的花园里。像勤劳善良的花婆婆一般，播撒一颗，放手一片，辽阔无边。爱心到过的地方，快乐和童趣密密麻麻地生长起来。风吹过，色彩里的生命点头微笑；雨落下，甘甜的滋味丰润了故事的绘本花园。

文／许晶晶

故事刚开始

绘本，是一种以简练生动的语言和精致优美的绘画紧密搭配而构成的儿童文学作品。作为一种图文结合的阅读材料，是最适合孩子阅读的。而孩子在通向独立文字阅读的过程中，家长和老师必须引导他们学会阅读，引领孩子在阅读中感受童趣、分享快乐，从而带领孩子走上阅读之路。

绘本阅读对于孩子的意义

一般来说，绘本故事对于孩子来说，是一个充满诸多意义以及各种可能性的想象空间，在这个虚拟的童话世界中，绘本故事里的文字与图画布满了各式各样可撷取的意义与待拆解的隐喻，供孩子由阅读的过程，依自己所能经验到的体验与感受去做自由且私密的个人解读。

作为一个待解读的文本，孩子在阅读的过程中，便是以自己的经验去获得自己可以接受的意义或信念。举例来说，绘本《活了100万次的猫》借着简单的文字与轻盈的水彩图像去叙述一只猫的故事，故事的终了，猫死了，但是故事也说明了猫用生命付出爱的一辈子。故事极其简单，然而当我们在对孩子讲述这个故事的时候，我们可以发现，书中所蕴涵的"密码"却能在孩子听完故事之后，由经验感受建构出一个对听故事的孩子的意义：孩子能够理解与掌握到书中所欲传达的

"真正活着的美好"以及"生与死"、"情与爱"。但是它也会因为不同人的不同切入角度而有不同的含意解读，因为也有孩子说"我们要爱护小动物，不可以伤害小猫"。

孩子对于阅读绘本不容忽视的小细节

绘本是一张到处都隐藏着秘密的"神秘地图"，因为无论是扉页、封面还是环衬，都是绘本的有机组成部分，在这些地方作者都为读者献上了很多精美的图画。只有指导孩子从头到尾阅读图画，才能发现很多常常被读者忽视的小细节。读懂了这些细节，才会对文本的意义有进一步的理解。

◎从封面猜故事

无论什么书，封面都是最先映入读者眼帘的，而在阅读前让孩子对故事进行猜测，会激起孩子强烈的阅读欲望。《驴小弟变石头》这本书的封面上画有驴爸爸、驴妈妈和邻居们，驴爸爸和驴妈妈仿佛在和邻居们交流些什么。教师就可以引导孩子看图，猜猜他们对话的内容，从而引出故事的题目——《驴小弟变石头》。

◎不要漏过环衬

环衬是封面与书芯之间的一张衬纸，很多绘本的环衬上都是有图画的，不过你可千万不要以为它们仅仅是起装饰作用的图案而马上一翻而过。实际上，绘本的环衬不但与正文的故事息息相关，有时还会提升主题。《驴小弟变石头》这本神奇的绘本里，透过孩子夸张的幻想，讲述了驴小弟变石头又变回自己这么一个故事。《驴小弟变石头》的环衬上的图案是白色，需要孩子们来想象到底发生了怎样神奇的故事，虽然还没有开始读故事，但已经被吸引住了。

◎ 会讲故事的扉页

扉页不仅仅是通向正文故事的一扇门，不仅仅是告诉你谁是故事的主人公，它有时还会讲故事。《驴小弟变石头》这本书的扉页上就是书中的一个画面——"拿着魔法石的驴小弟"，似乎在询问你：嗨，你准备好了吗？这块石头真有趣啊，快和我们一起走进这个名叫《驴小弟变石头》的故事里吧！这富有幻想的画面把读者的视线牢牢地锁住，想不看下去也难。

◎ 要朗读正文

正文一定是孩子精读的部分。可绘本的正文部分究竟是应该由教师读给孩子听，还是放手让认识了几个字的孩子自己去读呢？美国教育心理学家杰洛姆·布鲁纳认为：成人得先为儿童读故事。因为绘本是通过优美的语言和图画表现出来的，当成人把绘本所表现的最好的语言用自己的声音、用自己的感受来讲述时，这种快乐、喜悦和美感才会淋漓尽致地发挥出来，绘本的体验才会永远地留在孩子的记忆当中。在引导孩子阅读正文时，一定要注意不要急着说教，也不能不断地提问、说明，犹如应试教育一般；而应该把看书、思考的空间留给孩子，让他们有足够的时间来品味故事，让他们的体验和感受经过时间沉淀，再慢慢地转化为自己的知识和智能。给孩子读图画书时，也一定要让孩子自己看图画。每一个孩子都是读图画的天才，只要故事在图画上表现出来，那么孩子的眼睛就会发现它们。他们能发现画家没有发现的破绽，能读出成人料想不到的意思。

◎ 并未结束的封底

合上一本绘本时，绘本的故事就讲完了吗？答案当然是否定的。

在《驴小弟变石头》的封底，就没有重复书里的故事，而是把故事的结尾延续到了封底上。故事的结尾是一家三口抱在一起幸福和睦的样子。驴小弟回到家里的情形又是怎样的呢？作者一直把这个故事讲到了封底上。让孩子们想着"驴爸爸把红石头锁起来是为什么呢"，"还会把它拿出来吗"等一些问题，孩子们和绘本中的驴小弟的距离更近了，通过画面，读者和文本又进行了一次对话。

这样，当阅读把快乐带给孩子时，就把无可估量的巨大精神财富带给了他们，就为他们建造起了自由的精神空间与心灵家园。孩子在与绘本进行心灵对话的过程中，在闪烁着人性光辉、充满大自然和谐与童真童趣的字里行间徜徉时，必定会开阔眼界，丰富内心，升华境界，健全人格。

《驴小弟变石头》

作　者：（美）威廉·史塔克
译　者：张剑鸣
出版社：明天出版社
出版年：2009 年
定　价：28.80 元

感动童年的阅读

文／殷倩珠

甜美的糖甜甜的书香

相传早在千年之前，在每一个犹太人家里，孩子刚刚会爬的时候，教育就已经开始。母亲会翻开书，点一滴蜂蜜在上面，然后叫孩子去舔书上的蜂蜜。这个仪式的用意不言而喻，书本是甜的。孩子平生第一次品尝人世间最甜美的蜂蜜是在书上，巧妙地在书与甜美之间建立联系，培养孩子对书的美好情感。

绘本是糖，我们不妨尝试着给生活加点"糖"。当然，我不是说真把糖撒在书上，而是通过亲子阅读绘本，让孩子享受甜甜的书香。作为一个自己也爱看书的妈妈，我尝试着从"知、情、意、行"四方面引导着孩子爱上绘本。

"知"，即知识。绘本海纳百川，我们要学会有选择性地读绘本。我一直坚持让孩子自主选择绘本，"兴趣是最好的老师"，自己选的当然读起来更投入。在孩子自由选择的基础上，我们可以推荐一些好绘本。一种是经典名著：《西游记》、《水浒》、《聊斋志异》……另一种是著名的儿童文学作品：《彩虹色的花》、《小猪变形记》、《鼠小弟系列》、《咕噜牛》、《天生一对》……

当然，推荐的时候别只局限于故事性偏强的，你可以选择一些科学绘本，如《星际信使》，讲的是科学家伽利略的一生，著名的比萨斜塔上扔一重一轻两个铁球的实验让我家的奚子尧感兴趣不已，公转自转的概念还让他闹了笑话：自己把自己给转晕了，就能感受地球的自转了。大家还可以选择一些数学绘本：大小、形状、排列、组合……寓数学知识于扣人心弦的故事情节，孩子乐学，也易学。还有的就是美术欣赏类绘本，《动物园》、《游乐园》……这一套书是手掌画出来的，沉浸于故事中的轻松愉悦之余，不妨拿起画笔画一画，其乐无穷。

"情"，即情感，我们在进行亲子阅读的时候，一定要让孩子多移情，把自己也当成绘本中的角色，丰富情感的体验。一起欢乐，一起忧伤，一起生气，一起成长。我在这里特别推荐日本著名作家宫西达也，他的绘本情感性很强，故事感人至深。

幼儿杂志《东方娃娃》有一期绘本叫《天堂的问候》，我的孩子奚子尧很喜欢，缠着我讲了一遍又一遍。故事中的小狗黛西在睡梦中永远地离开了世界，她的主人亚瑟为此伤心不已。黛西就通过托梦让小亚瑟逐渐走出了消沉和伤感，后来，小亚瑟收养了乡下的小狗麦西，重新快乐地生活。这是 个生命逝去的故事，充满了淡淡的忧伤，却又带着一丝丝的温馨。我的老外婆去世了，我借绘本给孩子上了一堂生命教育课。人生自古谁无死？让孩子相信：人的逝去是不可避免的，太婆一生勤勉，吃了很多苦，善良的人死后是会上天堂的。

听了故事，奚子尧说："天堂在高高的天上，在粉色和金色的云层里。那里百花盛开，五颜六色、五彩缤纷，还有可以游泳的湖，有蝴蝶翩翩起舞，还有老朋友、新朋友一起玩耍嬉戏。太婆会和他们很开心的。"相信，当孩子沉浸在对美好景象的遐想中，也就不惧怕承受生命的重量了。

感动童年的阅读

"意"，即"意志"。小朋友的意志培养至关重要，奚子尧平时的习惯不是特别好，我就有意识地推荐一些有利于品质培养的绘本给他看。不爱刷牙，看《蛀牙王子》；吃饭挑食，看《胖国王》；不够坚强，看《十二生肖意志培养系列》绘本……"当局者迷，旁观者清"，读绘本有利于孩子清晰地认识到改正坏习惯的重要，并比对自己的行为进行主动的纠正。

　　"行"，即"行动"。亲子阅读绘本，要教会孩子一些基本的读书方法。如观察的方法，即观察图中人物的穿着、动作、神态，鼓励孩子即时地表达。奚子尧最爱读的绘本之一是《武士与龙》，故事讲的是武士与龙要决斗，所以龙在山洞里拼命练习本领。我让他观察一下龙的动作、神态，说一说。奚子尧歪着脑袋，略加思索说道："你看龙，对着镜子张牙舞爪、龇牙咧嘴，你看他血盆大口，眼睛瞪得像灯泡，还有凶光，

《天堂的问候》

作　者：洛朗莫罗
译　者：邹宝
出版社：东方娃娃
出版年：2010 年
定　价：8.00 元

艾玛·奇切斯特·克拉克 文/图　邹宝 译

鼻子里还喷气呢！"多灵动多生动的语言呀！当时真让我欣喜不已。

除了观察，我们还可以引导孩子自由地、大胆地想象。想象力是可以培养的，读绘本的时候我们就可以对孩子多加训练。比如说读《你很快就会长高》，我问奚子尧："阿力变成了巨人，那巨人到底有多高呢？"他小眼睛眨巴眨巴，告诉我"和高楼大厦一样高，白云啊没他高，他和飞机一样高，他和蓝天一样高，他高得都把天给戳破啦！"让人忍俊不禁。

当然，还可以更有创意地读绘本。可以演绘本、画绘本、编绘本……目标只有一个，让孩子深深地爱上绘本。

热切希望，有更多的家长参与到亲子绘本阅读的队伍中来！送给大家"三心二意"，即：专心、耐心、恒心、乐意、创意！甜甜的书香，甜甜的童趣，甜甜的生活，让我们一起给生活加点糖！

文／金静

害怕浪费

每个月我们的故事会都会定好主题。有一次的主题是"地球，我们的家"，为了找到切合主题的绘本，我找了好久，最终挑选了一本《怕浪费婆婆》。读了书名，你肯定就已猜到，怕浪费婆婆一定是位特别

感动童年的阅读

爱惜东西、注意节俭的老人。的确，如果看见有人浪费，她可绝不允许。而且她总有各种办法处理那些没有被好好利用的东西，不管是吃剩的饭菜，还是揉皱的纸团……之所以会挑选这本书，自己也存在一点私心。现在的小朋友物质条件比以前好了，可是生活中浪费的行为越来越多，吃了一口面包就丢掉，吃鸡蛋只吃蛋白扔掉蛋黄，玩过的玩具随手一丢，吃点心撒了一地，不好吃的饭菜连看都不想看一眼……他们过惯了饭来张口、衣来伸手的日子，他们忘记了什么是节约。节约是我们中国的传统美德，也是人生的必修课。我想通过这本书在不经意间把勤俭节约的观念植入到每个小读者的内心。

现在小朋友认字比较早，为了更生动地让他们了解故事，我在制作 ppt 的时候，把文字都去掉了，光让小朋友看图片。这样可以让他们的注意力跟着我走，当我在讲到怕浪费婆婆舔掉小孙子脸上的饭粒时，我听到有小朋友在下面"咦"，或许婆婆的做法让他们觉得恶心。可是在看到婆婆给小孙子做的怪兽纸偶、彩虹铅笔的时候，我感觉到了小朋友们对婆婆的喜欢，因为他们不断地告诉我变废为宝的方法："把用过的牙膏盒做成小车子"、"鸡蛋壳做贴画"、"鸡蛋壳开个小口掏空后可以在上面画东西"等等。

故事讲完之后，小朋友都表示以后要向怕浪费婆婆学习，做个环保小卫士。还跟我拉钩保证从身边的小事做起。以后在家吃饭会把饭都吃完，不浪费粮食。只有养成了节约的好习惯，才会让我们身边的环境变得更加美丽。

小朋友的反应出乎我的意料，若是我们用生硬的道理来向他们传达这种不浪费的美德，效果肯定没有这么明显。可是通过图画书，用怕浪费婆婆这位特别爱惜东西、注意节俭的老人的实际行动来告诉幼儿浪费是不好的行为，来帮助孩子改正浪费的坏习惯，反而收到了意想不到的效果。

同时，这个故事也提醒我们：要学会摆脱近利的诱惑，考虑到长远的未来，要用心去呵护大自然，大自然也会给我们最好的回报！我们外出吃饭不用一次性筷子，不用塑料袋，就是为保护环境尽一份心，出一份力。孩子们也要从自己做起，从小事做起，做到写字认真，不撕本子，这样就可以少伐大树。用完水，关紧水龙头，不浪费水资源，这样好多地方就不会出现大旱。不随手扔废旧电池和垃圾，地球就可以少吸收一些垃圾。从小养成保护环境的好习惯，我们一定会生活得更美好！

《怕浪费婆婆》

作　者：真珠真理子
译　者：蒲蒲兰
出版年：2009 年
出版社：21 世纪出版社
定　价：24.80 元

感动童年的阅读

文／华万英

播撒梦想

总有那么一些人，靠着自己的双手和一颗充满理想的心，去改变世界，让世界更美丽。花婆婆就是其中之一，我们为何不带着孩子走进这个绘本故事，也让他们得到心灵的洗涤，成为像花婆婆那样有梦想、让世界更美丽的人呢？

初看《花婆婆》这本书，还未翻开，便被它的封面所吸引。一位老年人站在山顶，那大概就是花婆婆吧，大自然清新的感觉已让我迫不及待地阅读此书。

《花婆婆》讲述了一个名叫艾莉斯的人，从小姑娘蜕变为年轻的小姐，又转变为年迈的老人的一生。她从小受爷爷的影响，想要长大去很远的地方，住在海边，更重要的是做一件让世界变得更美丽的事。于是她长大后，正是年轻的时候，去了很多地方旅行，还来到了海边住下。当她在一次旅途中受伤后，她在海边的房子中，开始实现第三个梦想。她写信求得了许多鲁冰花的种子，并且撒向了许多地方，等到来年春天，已是五颜六色的一大片。大家亲切地称她"花婆婆"。

本文采取了回忆式的叙事，展现了花婆婆一生的历史，让人有无限遐想。故事内容通俗易懂，很适合我们带孩子一起读，每一幅精美的画面都让故事更加生动形象。在故事中孩子可以感知到更多的地方，认识各地特色，增长地理知识。更重要的是能让他们懂得要有一颗责任心，对世界负有责任，是让世界更美丽。让我们的孩子从小怀揣梦想，并朝梦想去努力。《花婆婆》是一本文字优美、图画逼真、寓意深刻的优秀绘本。

这本书以花婆婆的三件事为线索，串起了整个故事。不仅故事唯美，书中所写的世界各地都充满和谐的气息。不管主人公走到哪儿，都受到当地的人用心的照顾。就连那个公园中央的温室里也散发着清幽的香气，好一派和美的感觉。当年老的她躺在海边的屋子里时，她决定用鲁冰花来装点世界，让世界变得更美丽。她虽然已经年老体弱，却依然坚持着做这件事。世界也正因为有这么些心灵美好的人，才变得如此美丽。花婆婆的心灵就如同鲁冰花一般多彩而纯真。让孩子拥有一颗美好的心灵是我们做父母的所希望的，就让我们和孩子一起走进这本名为《花婆婆》的绘本吧。

《花婆婆》

作　者：[美]芭芭拉·库尼
译　者：方素珍
出版社：河北教育出版社
出版年：2007 年
定　价：29.80 元

感动童年的阅读

穿行画面

文／凌娜

庆子·凯萨兹喜欢颠覆传统，她独特的创作风格赢得了广大读者的喜爱。初见《秋秋找妈妈》，便被它那简明的画面吸引了，当细细品味时，才发现它以细腻的笔触，让整个书的画面弥漫着温馨的气息，同时也颠倒了传统意义上的母题，在爱上它的同时我也选择了与孩子一起分享，一起阅读。

阅读绘本要让观察、阅读和思考同步，思考是阅读的灵魂。优秀的绘本能给幼儿提供无限的想象空间，我们要努力引导他们在想象世界和现实世界中自由地穿行，给予他们想象的空间和表达的机会，让幼儿真正走进主人公的内心世界，去体验微妙丰富的情感变化，去感受情节的起伏之韵。

绘本故事，绘画的分量重，文字的分量相对较轻。而处在幼儿期孩子，认识的汉字不多，因此，在看一本书时，他们关注比较多的往往是书中的画面。《秋秋找妈妈》每个画面都蕴藏着浓浓的情感，作品中每个人物的神情都值得读者去细细品味、细细琢磨。在教学中，我着重抓住三幅画面，启发幼儿展开想象，感受主人公的情感。

观察秋秋的眼睛，理解"孤单"

当人与人初次接触的时候，最先交流的是眼睛。眼睛是心灵的窗口，最能体现一个人的喜怒哀乐。绘本首页，画了一只可怜兮兮的小小鸟秋秋，透过秋秋的眼睛，我们感受到秋秋正在向我们传递着孤苦无依的讯息，孩子们马上就与他产生了情感上的共鸣。当教师启发提问："秋秋过着怎样的生活呢？"孩子们回答："秋秋生活得很不开心，因为他的眼睛耷拉着"；"秋秋的翅膀耷拉着，他生活得很不快乐"；"秋秋可能在想：我的妈妈在哪呢？"……

观察秋秋的动作，体验"伤心"

对事物的观察是受意识控制的，不同的环境、氛围会影响到观察的角度和观察的结果。伴随着乐曲声，教师讲述：无论秋秋走到哪里，他总是找不到一个跟他长得一样的妈妈。此时画面上出现了一个垂头丧气的小小鸟，孩子们看着秋秋的样子，想秋秋所想，心情也变得沉重起来。教师提问："这时秋秋的心情怎么样？它会想些什么呢？"孩子们纷纷举手，有的说："秋秋想，妈妈你到底在哪儿呀？"有的说："秋秋会想，我一定是个没人要的孩子！"有的说："秋秋很失望，他会想'看来我是找不到妈妈了'！"……当熊太太的画面出示在孩子们面前时，孩子们都摇摇头表示秋秋不会去找熊太太。秋秋伤心极了，他开始哭起来，当孩子们看到一只正在哭泣的小小鸟时，眼泪含在了他们的眼眶里，他们的心也随之揪了起来。教室里一片寂静，大家都沉浸在找不到妈妈、没有妈妈的痛苦之中。

观察秋秋的神情，感受"幸福"

神情是人的一种行为，人们常说："脸是人感情的晴雨表。"这说明了神情与人物思想感情的关系是极为密切的，内心活动常常从人的脸部显示出来。熊太太的出场牵动着孩子们的心，可出乎意料的是，她用柔和又善解人意的行动给了秋秋最直接"爱"的体验：抱抱、亲亲、一起唱歌跳舞，还带她一起回家。当孩子们伴随着欢快的音乐，读到故事最后一页时：秋秋依偎在熊太太的怀里，嘴角上泛起一阵涟漪，眼睛满足地眯成了一条缝，孩子们的脸上也洋溢着笑容，仿佛自己就是秋秋，此刻正享受着温暖的怀抱，享受着浓浓的爱呢！这时让他们来谈谈秋秋正想些什么，对于提升文本的主题就水到渠成了。

　　面对不同的绘本，面对无数有独一无二个性的不同孩子，挖掘很重要，只有教师自己把绘本的主题挖透了，才会抛给幼儿一条清晰的主线，才能触及孩子的心灵，哪怕他们只有六七岁。而这些包含了幼儿丰富想象的绘本阅读，也才能拓展作品原有的内涵，使其变得更加丰满。

《秋秋找妈妈》

作　者：（美）凯萨兹
译　者：范晓星
出版社：贵州人民出版社
出版年：2007 年
定　价：12.00 元

趣味解读

文／陈毓

　　阅读是不分年龄的，儿童图画书的阅读更是如此，经典的图画书可以在幼儿园作为教材，在小学的低、中、高年级也能作为语文教材，关键是施教老师对材料的理解和剖析。

　　在一个课题月中，我们选取了一些经典的儿童绘本图画书，开展了一系列的活动，比如教材解读、故事讲述、聚焦课堂等。现在回想起来，这样的过程能增加对图画书的理解与把握。我们和孩子们共读了绘本《驴小弟变石头》，通过对图画书的解读，帮助孩子们更深刻地理解了绘本。

解读背景

　　美国作家威廉·史塔克偏爱动物的形象，善用动物的形象表现故事，用动物的形象来象征人类的行为。《驴小弟变石头》是威廉·史塔克的第三本图画书，创作这本书时，他已是一位六十二岁的老人了，可是他却用大师之笔、孩子之眼，写出了这样一个洋溢着魔法的爱的故事。他的创作来自于某种童年本质，这种本质是任何大人都无法放弃、无法拒绝的，而幸运的力量、变身和重生的能力、好魔法的存在都是这种"童年本质"的表现。

　　在书中，威廉·史塔克让那些动物披上人的服装，用形象鲜明却

感动童年的阅读

又十分简单的图画，唤起无法抗拒的、令人心碎的生动的情感。他说：这并不仅仅是一个故事，而是生活中某种实实在在的东西，那就是爱。从这句话里，我找到了上这堂课的支撑点——爱的情感。在实践中，通过我耐心地引导，孩子们的确深刻感受到了这样的情感，对驴小弟失踪后其父母的心情感同身受，对他们一家子感到深深的同情，都许愿他们能有重逢的一天。

解读结构

以前在看图画书时，我们只看内容而忽视其他。在讲给孩子听时，也只讲内容而忽视其他。通过对图画书的学习，我进一步了解，在上图画书课的时候，必须了解图画书的结构。从头到尾阅读一本图画书，包括封面、环衬、扉页、正文和封底。封面和封底是我们对书进行预测最重要的来源，大家都应当重视。而环衬是最容易让人漏看的一页，图画书的环衬，不管是白纸还是色纸，其实都是大有讲究的，它们的颜色往往与故事十分吻合，前后环衬遥相呼应，有时还会提升主题，有的环衬还有图案，它不仅仅是装饰性的，所以别放过它们，也许看完后你就会恍然大悟了。

那么扉页上的图画是什么呢？图画书告诉我：扉页会讲故事，扉页会告诉我们谁是这本书的主人公，扉页会带给我们第二次阅读的乐趣，《母鸡萝丝去散步》就是这样的。

解读正文

对图画书正文的解读，不光包括文字，也包括图画。大家可能都有这样的体会，在初看图画书时，我们成年人是先看文字的，读文字一遍下来，大概的故事内容已经了解；而在读图方面花的时间比较少。

但是我们的孩子不认字，在初看图画书时，是先看画面的。谁也否认不了，每一个孩子都是读图画书的天才，孩子总能读出大人意想不到的意思，所以他们在图上找到的东西能比我们多很多，有时在课上提出的问题能让我们老师哑口无言。因此现在我学着孩子的样子来看图画书，看一遍两遍是远远不够的，要足以能看出图画中的每一个细节，每一个变化。

对图画书正文的解读，还需找到文学作品的主题，以及活动设计的主线和连接点，因此，解读情感和情节发展是比较重要的。在《驴小弟变石头》这本书里，有一个非常重要但又极易被忽视的线索，那就是隐藏着的细节——魔法石必须与驴小弟的身体相接触以后才能发生魔力，这个因果关系只有让孩子一开始就发现，才能在后来的重生环节中，让孩子去理解驴小弟究竟是怎么变回来的。如果孩子没弄明白这一点，他读完这本后，心里面还是模糊的。所以在刚开始的讲述故事中，我把这一段来来回回地讲述，演示，直到他们弄明白为止。

可爱而美丽的图画书，它有着悠久的历史。图画书走进幼儿园的课堂，甚至小学、中学的课堂，每个人都有自己的理解，理解的方式也不同。在幼儿园，怎么看图画书，怎么阅读图画书，怎么上好图画书的阅读课例，现在和以后，都是值得我们进一步去研究与探讨的。

《母鸡萝丝去散步》

作　者：佩特·哈群斯
译　者：上谊出版部
出版社：少年儿童出版社
出版年：2006年
定　价：27.80元

感动童年的阅读

鲜花盛开

在梅子涵教授的讲座上我有幸听到他讲的《小恩的秘密花园》，这是一本获得世界凯迪克大奖的作品。这本书在我们绘本馆里就有，可是一直没有很仔细地翻阅过它。我迫不及待地重新翻开这本书，跟着封面上的"小恩"一起走进书里去。

这本图画书非常特别，故事是由小恩的信件开始的，整个故事的全部情节由小恩的 12 封信来讲述，充满着小女孩的活泼、俏皮、乐观，还包含着孩子式的天真和稚气，读来隽永可爱。这是一个发生在美国的故事，第一封信的落款是 1935 年 8 月 27 日，这个特定的时间让我们知道了故事发生的背景，30 年代美国金融大危机，爸爸失业，妈妈也接不到活计。于是小恩只有离开家去投靠城里的吉姆舅舅。奶奶面带愁容地帮小恩整理衣服。小恩的不舍与小小忧愁在脸上表露无遗。

舅舅来接小恩，可是舅舅总是不苟言笑、闷闷地皱着眉头。小恩虽然离开家来到舅舅家帮忙做面包，但她并没有苦闷着心，看见眉头深锁的舅舅，她萌生一种想逗笑舅舅的念头。小小年纪的小恩认识许多植物，她很会种花，对于植物种子特别感兴趣，于是她用她种植的植物，一点一滴地把灰灰暗暗的住宅布置得很明亮、很有色彩。日子虽然过得不是很如意，但小恩懂得转换心情，甚至还能影响其他人。

最后小恩带着舅舅，参观她细心照料而成的秘密花园，这秘密花园就是小恩逗笑舅舅的最佳方法。

在最后一封信里，他们喝着香槟，吃着有鲜花的蛋糕，庆祝小恩给他们带来的一切，在最后小恩要离开的时候，有个男人抱住了她。这个男人是谁啊，很多人肯定要思考了。可是梅教授的一席话让我豁然开朗："这个抱住她的人不光是表面上的舅舅，是这个城市。"而说出这话的竟是一个孩子。看，这就是阅读的深刻了。她把这个城市的黑暗消除了，她为这个城市创造了鲜艳，创造了盛开，现在她要离开了，这个城市抱住了她，不只是她的舅舅。这个城市不舍得她离开，小恩真的是一个好姑娘。

书的环衬也告诉了我们结局：蓝蓝的天空下，小恩又跟自己的奶奶幸福地在一起了。

太值得让人思考的一本书了。其实这个秘密花园可以种在我们每个人的心里。即便没有阳光，用心里的阳光浇灌给予温暖，这就是自信和乐观，带给自己和周围的人快乐和生机。这必将给孩子们带来启发。

如果每个人都能如此，那城市必将盛开无数灿烂的花朵。

《小恩的秘密花园》
作　者：[美]萨拉·斯图沃特　文
　／[美]戴维·斯莫尔　图
译　者：郭恩惠
出版社：河北教育出版社
出版年：2007 年
定　价：29.80 元

感动童年的阅读

学会耐心倾听

文／华万英

儿童绘本馆开馆以来，在周末一直设有故事会，长久以来就形成了一批固定的孩子，在周末会准时来参加故事会活动。这些孩子中，让我印象非常深刻的，是孙泽睿小朋友，每次在故事会中都能积极回答我的提问，但是行为习惯比较差，没有耐心倾听别人说话，喜欢插嘴、打断别人说话，我在故事活动中要不断提醒他，可依然没什么效果。他母亲和我交流，说他在家、在幼儿园也是这样：哄他不行，骂他也改不掉这坏习惯，是个比较让人头疼的孩子。是啊，孩子的一些好习惯是非常重要的，所以这一期故事会我把《大熊有一个小麻烦》的绘本故事讲给孩子们听。

这本书的封面上有一只很大很大的大熊，他比楼房还要大好多好多。这只大熊背上背着一对翅膀，脖子上围了一条红色的围巾。他的脸蛋红彤彤的，可是，他脸上的表情看起来却很难过，这么大的熊怎么还会有难过呢？他到底有什么样的麻烦呢？

大熊遇到了一个小麻烦，他就想把自己的小麻烦说出来，让别人来帮助他。可是，他去找小发明家、小裁缝、小帽商、小医生、小贩、小验光师、小老板、小店员，他们都没有耐心听大熊把话说完，而是按照自己的想法给大熊送自己店里的东西。可是，大熊根本就不需要这些东西。最后，是一只很小很小的苍蝇帮助了大熊。小苍蝇耐心地听大熊把自己的小麻烦说完了，所以，它能够帮助大熊，把大熊的小麻烦解决了，还和大熊成为了好朋友。

故事结束了，我问小朋友：你们喜欢故事里的谁呢？这时我看见孙泽睿小朋友端正地举起小手，而没有急着打断我的提问，我就点头笑着请他回答，他大声地说："我喜欢小苍蝇，因为小苍蝇能够耐心地倾听别人说话。我们要向小苍蝇学习，耐心地倾听爸爸妈妈、爷爷奶奶、好朋友说话，让他们把自己不开心的事情或小麻烦说出来，我们来帮助他们，让他们每天都快快乐乐！"听了他的回答，我就鼓起掌及时地表扬了他："今天孙泽睿小朋友会耐心倾听别人说话，也会举起小手回答问题了，我们一起来表扬表扬他。"以后的故事会中，他插嘴、不会耐心倾听的习惯明显有所改善。

生活中每个人都会遇到一些小麻烦，或者一些不开心的事情，我们都需要相互倾诉和倾听。把你的麻烦和不开心的事情说出来，你的心情才会渐渐地开朗起来，而耐心听听朋友或者家人说出他们不开心的事情，安慰他们，你就能让他们的脸上重新挂起微笑。

讲完这个故事，我回想故事内容，难道要学会倾听的仅仅只是孩子们吗？我们平时又有多少时间倾听孩子的诉说呢？经常因为所谓的忙，孩子一说话就打断他们，觉得他们的话都是无关紧要的，久而久之孩子就不愿意跟我们交流，不愿吐露他们的心声，等我们想知道他们在想些什么的时候，却发现他们已跟我们无话可说，于是出现了"代沟"，从他们的眼中看到的是让我们心寒的陌生……

而平日里我们总是以自己的喜好为孩子选择——小到玩具，大到

学校、前途……有没有多问问孩子，他们喜欢什么，需要什么？孩子可能只是希望我们做他们的朋友，听听他们内心的声音，真正地关心他们，而不是给他们过多的建议，替他们选择！不光是对待孩子，我们对待父母或周围的朋友，是否也有足够的耐心倾听他们的诉说呢？

　　其实我们并不用做得太多，只要平日里抽出一些时间，把你的快乐和烦恼告诉你的家人和朋友，相互间真心地倾听，相互间分担烦恼和分享喜悦，相信我们就会发现生活越来越美好，快乐也越来越多！

　　善于倾诉和倾听是孩子们在成长过程中所应学习的，也是我们家长在生活中应当不断学习的一种能力！

《大熊有个小麻烦》

作　者：海兹．雅尼什
译　者：潇然
出版社：湖南少儿出版社
出版年：2008 年
定　价：9.80 元

025

一颗默默无闻的心

文／华万英

你可曾看见，一个瘦小的身影穿过楼梯；你可曾看见，那墙角细小的网；你又曾看见，角落里那颗默默无闻的心。

"蜘蛛"，或许你听到这个名字，会摆手说恶心或恐怖，可是蜘蛛苏菲有一张可爱的脸蛋和八只穿着五彩袜子的脚，更神奇的是，她有一颗充满爱的心。她会织出各种花样的蜘蛛网，有时她还会自豪地对你微笑。哦，那是她小时候的事了，她长大了，也需要自力更生啦！

没有一丝丝经验的苏菲独自搬进了公寓。日子并非她想象的那么美满，和其他蜘蛛一样，她被排挤、被厌恶，而善良的苏菲却一心想为他们做些什么。当她正为这屋子织漂亮的窗帘时，却被房东太太赶了出来；当她准备为船长织一件更鲜艳的衣服时，她却被船长的惊吓逃出了那儿；当她正为厨师织一只新拖鞋时，却被厨师狠心地甩在了地板上。善良的苏菲只得去另寻住的地方。

然而世界仍然是存在着爱的。当苏菲以为那个年轻女人会再次赶她出去时，年轻女人却未吵醒她，此时的她已筋疲力尽。可是善良的苏菲仍然用自己生命中的最后一点力气，为那快出世的小婴儿织毯子，多么特殊的毯子，它装载了世界万物，还有苏菲那颗善良的心。苏菲完成了她一生中的杰作——让年轻妈妈得到惊喜，让她的宝宝得到了

感动童年的阅读

温暖，并且接受了苏菲的真情。

世界上又有多少人能如苏菲一般默默无闻为他人服务，不求回报。也许我们讨厌她，排挤她，可谁会知道外表丑陋的她，除了聪明、智慧，还有一颗善良的心。这个渺小的人物却诠释了一个大道理。从苏菲的身上，我们看到了真诚与善良，理想与信念，毅力与互爱的丰富内涵。

也许，就在那样一个黑暗的地方，也许就在那样一个渺小的地方，也许就在某一个不经意的角落，你会发现像苏菲一样的身影，可别甩开她或推开她，说不定她费心为你"织"着什么，让我们和那位年轻女人一样，用一颗安静的心去感受她的默默无闻，也许她已经将自己的心织了进去。

故事就以"苏菲的杰作"完美地结尾了，带给人们一种安宁、祥和的气氛。也正因为有了这些和苏菲一样善良、智慧、聪明的人物，这世界才如此美好。嘘，听，墙角的那颗默默无闻的心。

《苏菲的杰作》
作　者：（美）斯安内利　文
　　　　／（美）戴尔　图
译　者：柯倩华
出版社：河北教育出版社
出版年：2008 年
定　价：29.80 元

爱是甜蜜的负担

文／华万英

　　绘本《让我安静五分钟》，讲述了长期被干扰而没了自我的大象妈妈庞太太，最大的愿望就是独自安静五分钟；但孩子们最热切盼望的却是热热闹闹地分享，最好一分钟也不放过：吹笛子的吹笛子，说故事的说故事，要求看报纸上的漫画，吃盘子里的蛋糕，甚至爬进浴缸里……文字和图画结合得异常巧妙，无形中增加了读者无限的想象空间。

　　庞太太头戴发卷、身穿睡袍、端着咖啡杯，神情无奈地站在早餐桌旁，看着一屋的凌乱。萝拉端坐在桌前，捧着一枚敲碎的鸡蛋猛吸，蛋壳丢在脚下；莱斯特用勺子尽情地把碗里的饼干搅得到处都是；老三把牛奶碗饶有兴致地扣在头上当帽子；蜂蜜罐子躺在桌沿，蜂蜜滴滴答答地流了一地，勺子、竖笛、饼干盒子、刀子、图画书散落在餐桌下。哈哈，有三个孩子，还想享受一个整洁有序的清晨吗？

　　庞太太悄悄地把自己需要的东西放进餐盘，打算偷偷走开，暂时不理会这恼人的凌乱。女儿萝拉早已发现妈妈的举动。不待庞太太打开门走出去，三个小家伙已经齐刷刷地站在她身后问妈妈要去哪儿。庞太太故意不回头，告诉孩子们自己想安静五分钟，然后自

顾自地开门上楼去浴室。三个小家伙岂容妈妈就这样走开，紧跟在妈妈身后追问可不可以跟着去。尽管被告知不可以，他们还是一步不离地跟上了楼。

庞太太为自己放了一缸热热的洗澡水，戴上浴帽，倒了一杯茶，躺进满是泡泡、热气氤氲的浴缸，闭上眼睛打算舒服、安静地在"天堂"里呆上五分钟，小家伙们却开始轮番上阵了。莱斯特拿着竖笛进来为她吹了三遍半《小星星》，因为一直都是妈妈让他练习的，妈妈没有理由拒绝他的表演。既然听了莱斯特的竖笛吹奏，萝拉要为妈妈念故事当然也不能拒绝，否则萝拉会认为妈妈比较喜欢莱斯特，而不喜欢她。于是庞太太闭着眼睛耐着性子把《小红帽》这本书听了四页半。最小的弟弟更干脆，抱着一鼻子玩具进来，然后一股脑儿都丢进浴缸，此时的庞太太只能放弃在浴缸里享受五分钟的打算。

小家伙们对妈妈的无奈根本无从察觉，兴高采烈地大声向妈妈提出要求，纷纷要看报纸、吃蛋糕、和妈妈一起泡澡。等不及妈妈回答，更无视庞太太的叹息，他们已经把自己的要求一一付诸实施。最后，三个孩子统统跳进浴缸，最小的弟弟甚至连睡衣都忘了脱。庞太太默默走出浴缸，擦干身体，穿上浴袍，打算离开变得喧闹凌乱的浴室。萝拉又问："你现在要去哪儿，妈妈？"庞太太有些恼怒地瞪圆眼睛，告诉他们自己要去厨房，因为想一个人安静五分钟。然后，她到达厨房，坐在餐桌前，喝着咖啡，翻看报纸，在孩子们还没有下楼以前，一脸惬意地度过了三分钟又四十五秒。

哈哈，瞧！小家伙们又吹着竖笛，夹着故事书，用长鼻子玩着水，排着队兴冲冲地向妈妈的所在地进发了！

把这本书看了三遍，每一遍都忍俊不禁，这三个可爱的挺着圆滚滚肚皮的小家伙，让我这个画面外的妈妈也充满了爱意。不觉回想起女儿幼小时，自己淹没在那些辛苦和忙碌中的抱怨和叹息，但在女儿一日日的成长中，所有的所有，好像都烟消云散了。把我青春的容颜给你，把我的矫捷和智慧给你，把我的梦想给你，一切，都变得那么值得。生儿育女，给自己寻找一个甜蜜的负担，未尝不是大幸福！

《让我安静五分钟》

作　者：墨　菲

译　者：李紫蓉

出版年：2009 年

出版社：河北教育出版社

定　价：25.80 元

感动童年的阅读

文／杨丽

快乐的天马行空

　　紧张的生活节奏，一成不变的生活作息，逐渐被禁锢的思维习惯……这些令我们每个都市人都终日和时间赛跑，无法放松片刻。大人如此，而生活在竞争激烈的社会中，孩子们快乐的童年生活也越来越少。还没有出生似乎已经被沉重的希望和压力压迫得喘过不气来。我们多么需要让自己在开怀的大笑中放松而过瘾一次！多么需要借助某些力量让自己的思维再活跃而有创意！那么就让我们一起来打开绘本书《呼噜，呼噜，哞》吧。

　　本书是"嘻哈农场"系列中的一本，提起"嘻哈农场"，这是一套不同寻常的图画书，获奖无数，风靡美国。这是一套经典的、越读越有意思的、值得回味和珍藏的图画书作品。简单而风趣的文字之间，我们仿佛能够看到作者在狡黠地偷笑；流畅而大胆的画风之中，我们似乎能够感受到画者那颗不老的童心。

　　本书讲述的是：鸭子和农场里的好朋友们齐心协力，要拿到超级才艺大赢家的冠军，因为冠军的大奖是一架蹦床。奶牛想表演歌曲，绵羊也想表演歌曲，而小猪想表演……舞蹈。鸭子呢？鸭子只想赢回蹦床而已，可它首先得解决三个问题：1.农场主不乐翁；2.农场主不乐翁；3.农场主不乐翁。

显而易见，在本书中农场主"不乐翁"和由鸭子带头的一群农场里的动物代表的是不同的两派。"不乐翁"是老式思想固守派，希望一群农场里的动物个个都循规蹈矩，为他谋福利。而鸭子和一群动物却始终不甘于平凡枯燥的生活，他们需要通过自己的努力让生活变得丰富多彩。

　　所以"不乐翁"对于这帮善于颠覆常理搞恶作剧的动物们采取的策略就是紧紧盯牢他们，"每个晚上，他都要守在谷仓外，偷听那些门后传来的声音"，而紧紧盯牢就会万无一失吗？所谓"上有政策，下有对策"，不安分的心始终是会随时爆发的，往往就是发生在生活中的一个小小的细节中。鸭子居然在报纸上发现了一条"超级才艺大赢家"的广告，奖品是"蹦床"，在双重引诱下，一群动物开始摩拳擦掌，跃跃欲试。而"不乐翁"在发现情况后，所能做的就是紧盯动物，白天盯，晚上盯，可谓是"寸步不离"。

　　但是动物们还是能利用晚上的时间在谷仓里一遍又一遍地勤练才艺，等待着比赛日的到来。也许我们此时会想，"不乐翁"盯得那么紧，这些动物又能挖空心思地想些什么办法逃离农场去参加比赛呢？这本书摆脱了常理，让我们有了意想不到的结果。"不乐翁"这么不放心动物，自然走到哪里都得把他们看得死死的，于是他为了赶集，就把所有的动物都"塞进了卡车的后车斗里"，把他们带去了集市。这下可好，千算万算，老马也有失蹄的时候，在他经不住美食诱惑的同时，一群动物顺利地行动着。奖品自然如约而归，而"不乐翁"却还被埋在骨子里，自以为是地继续盯着他的一群动物。

　　这些狡猾的动物们正是这样把农场主"不乐翁"戏弄得气极败坏

又无计可施，孩子看了后觉得新鲜，好玩，好笑。一个一个的悬念，一个一个的转折，能把他们牢牢地吸引。或许，这样更符合孩子的逻辑，更加能够激发他们骨子里爱玩的天性和他们天马行空的想象力。

在这里我们也能读到一种精神，即便我们被生活压得喘不过气，但是我们依然能在忙碌而紧张的生活中寻找到属于自己的乐趣！

《呼噜，呼噜，哞》

作　者：（美）朵琳·克罗宁
　　　　／（美）贝西·赖文
译　者：漪然
出版社：湖南少年儿童出版社
出版年：2007 年
定　价：14.70 元

文／陈俞英

赶跑你心中的"孤独"

从绘本《年》中，我们可以一窥"年"的真面貌："年"不是山野中的怪物，而是人类心灵深处的"孤独"，平时躲藏在人的心中，时而出来啃噬他的主人。每到岁末，所有人都齐聚一堂，共享亲情、爱情及友情之乐时，"年"这个孤独的怪物情绪上就会产生一连串的变化：孤独——嫉妒——愤怒——攻击，于是"年"便脱离主人的内心，表现于外，到处吓唬人。这就是让人闻之丧胆的"年"的由来啊！

在每个人的内心，甚至孩童的内心，总会若有若无地住着那"年"一般孤独的怪物，就看你能不能战胜并赶跑它。在绘本《年》的教学活动中，我强调了幼儿自我情绪、情感的表达、调控、发泄、转移，试图引导幼儿以解决问题的思维与做法来克服不良情绪。

表达情绪。在绘本刚开始的一段，我提问："年"是什么？什么是孤独？你有孤独的时候吗？幼儿凭着已有的经验讲了"年兽"的传说，又结合文中的"孤独"讲了自己的认识：孤独就是没有人陪伴的感觉。分析自己"孤独"产生的原因时众说纷纭：有的是因为一个人待在家感到孤独，有的是被批评后、被孤立时感到孤独，有的是被迫做自己从未尝试过的事而心中紧张、孤独，有的是小伙伴的离去而产生孤独感……现在的孩子缺少玩伴，再加上自身处理问题能力有限等等原因令他们产生孤独。

你能战胜孤独吗？我想了解孩子在生活中的一些做法，于是结合接下来的文本讲述，我提问："年"孤独时做了些什么？那你和他一样吗？你是怎么做的？孩子们童真的回答令我感到欣喜：有的说找玩

感动童年的阅读

具玩玩就不孤独了，有的说自个儿跳跳蹦蹦就不孤独了，有的说自己不愿做的那件事一做完就不紧张、孤独了，还有个孩子说"我就去主动找朋友玩"，孩子们还真挺有办法的！我们教育最根本的目的，就是教会孩子以自己的智慧、自己的方法去解决问题。

帮助他人。既然孩子们有这么多智慧的方法，何不让他们帮助被孤独笼罩的"年"及被"年"吞噬的孤独的人呢？于是我又问：绘本中，人们运用了哪些方法赶跑了"年"？"年"吞掉了那孤独的人，怎样才能救出他呢？在阅读中，孩子们得到了有关过中国年的传统常识——穿新衣、挂红灯笼、放鞭炮、一家团聚等红红火火、热热闹闹氛围的营造，同时，对孤独的人被"年"吞噬产生了恐惧及助人的心理。孩子们有的想象出了用各式武器对付"年"，有的说运用挠痒痒等机智的方法来逗"年"，有的说请来巨兽，有的说唤来神仙，真是童真之极。我引导道，那人是因为孤独——寂寞——生气——愤怒——发狂而被吞噬的，那就该用相应的办法解决，可孩子们还是就结果而论事，他们的心意是善良的，却无法达成我们成年人心中帮助孤独的人的想法，这也是受幼儿的认知水平和生活经验局限的。不过，能赠人玫瑰，会手留余香，我们还是感受到，幼儿的心灵世界是如此之美啊！

心理暗示。在绘本结束前有一段心理暗示的话语，教人如何摆脱这"孤独"的困扰："不！不能这样！""让我们重新来过。"在自然的讲述过程中，我带幼儿喊出了这样的心声。这何尝不是给幼儿一种心理上的暗示：向不良的情绪说"不"！

掌握法宝。绘本中提供了战胜"年"的绝招——打电话，将孤独情绪自内心深处释放出来，就无法凝聚成"年"这个怪物，真是"越简单的方法，越是制胜的关键"。之前，幼儿的表达、交流中都没有想到这种方法。现在，他们可以学到这法宝了。战胜孤独最简单的方法就是找人聊天、吐露心事。至此，这个绘本简洁有力地诠释了一个抽象的名词——孤独，也解开了困扰人心的谜团——"年"到底是什么，同时传递了赶跑"年"的巧妙招数。

相信幼儿在欣赏绘本《年》时，在老师贴近他们生活经验的追问、回答中，他们粗略地了解了调控不良情绪的方法，也必将会尝试将这种方法运用到自身实际的情境中。《年》不仅展现了红红火火过年所需的色调，强调了团团圆圆的春节习俗，更给读者带来了心灵、精神的洗礼与升华！

《年》

作　者：熊　亮
出版社：明天出版社
出版年：2007 年

感动童年的阅读

守候启蒙之路

　　它是一扇门，孩子蹦蹦推开；它是一条路，孩子欣喜前往；它是启蒙的召唤，情感的觉醒在色彩的张力、亲和的言语中萌发。捧起描述爱、表达爱、体验爱的绘本，此刻出发，一起进入童年阅读的丛林探索，诗意的守候如同摇曳的枝叶，总在孩子身边，保卫他们一路欢快、单纯地捡拾乐趣，每一颗闪亮明净的童心，都会收获满满的感动。

文／华万英

和绘本馆一起成长

绘本馆开馆快2周年了。可以说，我是陪着绘本馆的成长走过来的，记得刚开馆时，绘本读者寥寥无几，当时真担心绘本馆开办是否会失去意义，但现在看到绘本馆满满当当的读者，觉得当时的担心是多余的。

绘本，通过精美的画面，丰富的内涵，给孩子美的熏陶，激活孩子的想象，培养孩子的创造力。要让孩子爱读绘本，首先要让自己喜欢绘本。

让我记忆犹新的是，我给孩子讲的第一本绘本是《亲爱的小鱼》，这本绘本温馨的画面和富有爱意的语言一下吸引了我。一只对着鱼缸用大块面包喂食的猫咪，一面微笑望着小鱼，一面倾诉他对小鱼的深深喜爱："亲爱的小鱼，我好爱你。我喂你面包，你要快快长大。""每一天我都会亲亲你，我答应你，永远不会忘记。"猫咪每天细心呵护小鱼，小鱼一天天长大，鱼缸里住不下了，于是猫把小鱼放回辽阔的大海，让他在海里畅快呼吸。可是又有点舍不得，猫咪说："我会日日夜夜，端坐海边，等着小鱼回来。"而小鱼呢？最终的确出现在猫咪的面前。他们愉快嬉戏，已长大的小鱼甚至可以载着猫咪远航，然后它们一直玩接帽子的游戏，他们相亲相爱，心里永远有着对方。

039

《亲爱的小鱼》是一本很不错的绘本，我很想把它介绍给孩子们，但要用什么样的形式去介绍给他们呢？绘本馆设立的"种子乐读"提供了这个平台和机会。但是对于年龄层次不同的孩子，我该如何入手与故事相结合呢？为了讲述好这个故事，我反复地看这本书。这个故事给我的感受是温馨和伤感并存的。温馨体现在绘本中猫和小鱼本来是两个对立面的动物，如今却那么地相亲相爱。伤感体现在猫为了爱小鱼，而选择了放生。让我们略带安慰的是小鱼知恩图报，还是回来和猫一起玩，成为朋友。于是，我选择了爱和被爱这个主题，根据孩子的年龄特点，设计了一些简单的问题，在活动中来激起孩子的兴趣，引导他们发表自己的想法。

记得故事会活动第二天，就有位家长过来借这本绘本书，她告诉我昨天儿子听了故事回家对她说："妈妈，我好爱好爱你！"让她很感动，所以一定要看看《亲爱的小鱼》这本绘本。因为在故事会活动结束时，我给他们进行了总结和引导："孩子们，那猫咪就像是爸爸妈妈，你们就是那小鱼，但总有一天你们会长大，会离开爸爸妈妈，到那时，爸爸妈妈还会一直都想着你们，你们会像小鱼一样爱爸爸妈妈吗？我们一起把爱说出来好吗？今天回家小朋友把你的爱说给爸爸妈妈听，好吗？"

这次故事会活动，让我享受到了绘本给孩子们带来教育启示的乐趣。对于优秀的绘本，作为教师，要充分思考，精心提炼，不断提高自身对绘本的认知度；要创造性地设计提问和总结引导，不断提升自己的人文素养与教学能力。只有不懈努力才能让所有孩子真正爱上绘本。

　　为了让更多的读者感受绘本的魅力，去年起我们把"种子乐读"活动送入到乡镇幼儿园。活动中，我们让孩子们从"看封面猜故事"开始，培养他们仔细观察和展开想象的能力，激发阅读兴趣。兴趣充分调动后，逐步引导孩子逐页看图，自主讲述故事内容，最后由我们完整讲述故事和总结引导，孩子们的认知深了、启发多了，对绘本的喜爱程度就大了。"绘本走进农村孩子"活动的开展，使许许多多的孩子不断涌向绘本馆，两年来的努力，绘本也已不断被更多的家长接受，融入了孩子们的生活。

　　在为孩子们挑选绘本，讲述绘本故事的过程中，有喜悦，更有压力，但更多的是思考：感觉绘本之门就在咫尺，但要想走进它还是有一定的难度，如何把更多、更好的绘本推出去、推荐好，还是有不少的困惑与未知。但这些都不足畏惧，只要有热爱孩子之情、喜欢绘本之心，多和孩子们一起赏书、看书、读书，让绘本渗透到孩子们的日常生活中去，绘本这颗魅力之花一定会常开不谢，也会有更多的孩子因为绘本而爱上阅读！

041

结缘绘本

文／金 静

　　莎士比亚曾经说过，"生活里没有书籍，就好像天空中没有阳光；智慧里没有书籍，就好像鸟儿没有翅膀。"非常幸运，我从学校毕业就到图书馆工作了，每天过着与书为伴的日子，感觉非常幸福。

　　在 2009 年 6 月 1 日，江阴市图书馆成立了儿童绘本馆。2010 年 3 月，陈蓉馆长问我愿不愿意到绘本馆工作。当时这个消息对我来说真的很突然，虽然我也很想换个岗位多学点东西，可又怕自己能力不够，不能胜任新的岗位。在内心挣扎了很久以后，我还是决定到绘本馆工作。其实做这个决定的时候，我也有一点小私心，因为自己的宝宝刚满一岁，而我对宝宝 3 岁之前的教育是一头雾水，我希望自己能通过在这个岗位上的工作经历，学习到更多亲子教育的方法，为自己的孩子创造一个有绘本陪伴的童年。

江阴市图书馆儿童绘本馆

感动童年的阅读

2010 年 3 月 22 日，我正式到绘本馆工作，到绘本馆之后，我才发现这里的工作远远不像自己想象的那么简单，多干活我并不害怕，怕就怕每个星期都要给小朋友们讲故事，这下可把我难倒了。我这个人有个毛病，就是说话速度快，要是一紧张，说话就更快了，而且我没有这方面的经验，该怎么办呢？不过对于这一点，馆领导想得很周到，他们给了我足够的学习和适应时间，让我向有经验的同事以及实验幼儿园的阅读指导老师好好学习、取经。

我到绘本馆第一次给孩子讲的故事是《多多老板和森林婆婆》。因为 3 月份有植树节，所以那个月的故事都是和树木有关的，为了讲好这个故事，我上网看了很多别人讲故事的视频，也查了有关这个故事的教案，本以为自己准备充分，可真到了讲的时候，我的心里就像揣了个小兔子一样"怦怦"跳个不停，直到讲到一半时才开始平静下来。

这个故事主要是讲环境保护的，我本意是想通过这个故事传达给孩子们花草树木的环保知识，但是孩子们对这本书的热情大大出乎我的意料，在讲到我们应该爱护地球、不能随意砍伐树木时，孩子们纷纷说，"我们以后不踩花草了"、"我们要经常给树浇水"、"我们长大后也不砍树"、"我们爱祖国"等等语言，当时我真的很惊讶，孩子们的反应让我第一次感受到了绘本的魅力。从简简单单的图画中他们居然可以读出这么多潜在的信息，真是太神奇了。孩子的世界是纯洁的，他们可以一下子抓住事物的本质，这点难能可贵。正因为如此，我静下心来很仔细地挑了几本绘本来看，这一看我发现绘本的文字不仅具有故事性，而且具有自然美妙的旋律，能淋漓尽致地表达出人类内心最真的情感。从那一刻，我爱上了绘本阅读。

在以后的工作中，我不断摸索和学习，尽可能多地了解绘本馆的藏书。在阅读中，让我感动的不仅仅是告诉人们幸福是什么的《石头汤》，还有那让我百读不厌、感动不尽的《爱心树》，那是一本让孩子看了更爱妈妈的书，故事的最后，那棵为孩子带来无限关怀却不求回报的大树死了，但是它却很快乐，让我禁不住流下了泪水。遇到《猜猜我有多爱你》，我心中所有的情感都释放了出来，对于爱一个人，我更是有了新的理解：爱，实在不是一件容易衡量的东西。我们成人不像孩子那么简单，有很多时候虽然也想象孩子一样用很直接的方式表达出自己对父母的爱，可往往想做的时候却做不到。不过在之后每年的母亲节，我都会很大声地对我妈妈说："我爱你，你辛苦了。"

绘本阅读，让我读出了幸福的味道，每每遇到一个自己喜欢的绘本，我都要读上很多遍，每读一遍心中依然感动。每次阅读绘本，我都会有新的感觉，就像看电影一样，每翻一页，绘本中的图画就述说着精彩的故事情节，让人爱不释手。

在 2010 年 11 月 24 日，"种子乐读"温暖绘本之旅带着动听的绘本故事起航了，我们先后来到了华士中心幼儿园、陆桥中心幼儿园、申港中心幼儿园、丽都幼儿园和环南路幼儿园，让更多的孩子认识了绘本，让他们知道我们的故事会。看着孩子们高举的小手，涨红的小脸，听着那精彩又充满童趣的回答，从家长的笑容、孩子的笑脸中，我读到了绘本给他们带来的幸福和满足。绘本就像一股清泉滋润着孩子纯洁无瑕的心灵，小小的绘本打开了孩子对知识世界的探索，在孩子内心里撒下一粒种子，慢慢地生根发芽。

感谢绘本，让我又重新回到了童年，弥补了自己在童年里缺少的

感动童年的阅读

那份感动。在绘本馆内工作，让我结识了许多年轻的家长，她们对孩子的早期教育非常重视，而绘本就成为了我们这些年轻家长的交流平台。我用自己的真心和爱心为他们提供自己力所能及的帮助，每每看到家长和小朋友阅读之后内心满足的笑容，让我觉得作为一个图书馆人是多么地幸福，我愿努力做个单纯、真诚的图书馆人，让爱成为一种永远的责任。

《多多老板和森林婆婆》

作　者：［日］藤真知子/文
　　　　［日］木杨叶子/图

译　者：蒲蒲兰

出版社：二十一世纪出版社

出版年：2009 年

定　价：24.80 元

NO.2 守候启蒙之路

文／金 静

我愿做个花婆婆

　　作为绘本馆的故事姐姐，我从 2010 年 11 月 24 日起开始了"温暖绘本之旅"，将绘本故事送进城乡幼儿园、学校及图书馆分馆。每次去乡镇学校讲故事的时候感触特别多。第一次去的时候自己也在犯嘀咕，自己又不是老师，去给小学生讲，要是讲不好的话怎么办啊？带着诸多的疑问，我挑选了一本《小猪变形记》，这本图画书非常诙谐、有趣，适合互动。这是我第一次去学校给小朋友讲故事，跟平时在绘本馆是不一样的。

　　为了讲好这个故事，我把这本书看了好几遍，尝试着给同事讲，大家还扮演了故事中的各种角色，可是真去讲的时候心里着实紧张。来到教室，孩子们天真灿烂的笑脸，让我一下子觉得自己跟他们是一样的，便非常自然地和孩子一起进入到了故事中。"小猪不能吃巧克力，吃巧克力会变胖的。""还是做自己最好！""老师，我还有想法没说呢。"故事讲完之后，孩子们争先恐后地发表自己的观点，一点也不怯场，现场频频出现惊人之语，让人不得不感叹孩子的想象力和探索问题的能力。

　　短短 40 分钟的故事会结束了，小朋友依依不舍的样子让人感动，有个小朋友过来拉住我的衣角问："客人老师，你什么时候还来啊？"

我顿时明白，没有什么好不好，只要孩子们喜欢就好。我不是老师，不需要给他们教条式的教育，只要把阅读的美好带给他们就可以了。

儿童的世界单纯得如同一张白纸，"染于苍则苍，染于黄则黄"，是不争的事实。所以，儿童启蒙是多么的重要啊！不爱阅读的人未必会怎样，但是爱阅读的人一定会不一样。绘本最厉害的地方，是能帮孩子爱上阅读。捧起小小的绘本，孩子已经在破万卷书、行千里路了，他／她眼中的世界也逐渐丰富、开阔起来。

人的一生有三次机会跟图画书相遇，第一次是童年，第二次是初为人父／母，第三次是人生过半。非常幸运，我在初为人母的时候遇上了图画书，也因为工作的关系，对图画书有了更多的认识和思考，并愈加感兴趣。原以为就是些标注了些许汉字的图画书，再深也比不过一些经典的图书，可是通过对那些优秀绘本的阅读，我深深地意识到，它对一个人未来的阅读有着很大的影响。

在"温暖绘本"之旅中，发现农村的孩子没有城区的孩子那么幸福，可以接触到绘本书。有很多孩子都是第一次听到绘本故事，可他们对绘本的热爱绝对不亚于城区的小朋友。"温暖绘本"之旅还在进行中，每次去幼儿园或小学讲故事，我都会很认真地挑选绘本书。一本好的图画书，一定是能给儿童留下深刻的印记，乃至终身受益的图书。犹如方素珍曾经翻译的一本图画书《花婆婆》，讲述了一个非常有意义的故事。方素珍总是喜欢用"花婆婆"来比喻自己从事的工作。她说："你知道做什么事情可以让世界变得更美好吗？讲一个好听的故事，共读一本好书，就是为世界做了一件美丽的事。"

故事中的花婆婆把鲁冰花的种子撒到山坡的小路上，我每看一次都会被感动一次。我一直觉得这个故事很难讲，但我愿意去尝试。我希冀自己就如花婆婆一样在孩子幼小的心田播撒幸福的种子，通过经典的绘本故事帮助孩子从童年起就认识绘本，爱上阅读。

等孩子们长大了，这些美妙的东西还留在他们的心中，不经意间会想起自己在绘本馆听过的绘本故事，这将会是世界上多么美好的一件事情呀！

绘本《花婆婆》插图

感动童年的阅读

文／包玉红

女儿读书记

希希快五周岁了，对她来说，最快乐的事情就是每天睡觉前的亲子阅读。用她的话来说，这就是"享受"。因为这时候我讲的故事，会伴随着进入她的梦乡，会让她每天晚上甜甜地睡觉。

其实，希希在两三个月的时候，我就已经给她买了绘本书了，还要求希希外婆每天讲给她听（那时我产假后刚上班）。当时，我对讲故事并没有太多的感受，只是潜意识认为这应该对宝宝有帮助。后来，希希第一次叫妈妈，是在她5个半月的时候，那是我生日的前一天，女儿给了我一个最珍贵的生日礼物。当时女儿叫人虽然是无意识的，但那声"妈妈"真的是好清楚、好响亮。第二天，她就开始"爸爸"、"爸爸"地叫个不停了。

当时，我并没有认为是绘本的功劳，长辈都说是天生聪明。后来，到了希希一周岁时，那几本书已被撕得面目全非了。我也有一段时间暂停了讲故事，一是因为希希外婆做了大手术，需要照顾；再者，也没想到要坚持。现在细细想来，那时女儿好像懒于讲话。还记得，邻居说女儿生活的语言环境太杂。因为外公讲的是老江阴话，外婆讲上海话，爸爸讲淮阴话，我这个妈妈在她面前讲普通话。

后来，希希上了小小班，也就是两岁半的时候，她开始有了强烈的识字欲望。无论是路边的广告牌、店面名字、路标、交通标志上的文字，

NO.2 字候启蒙之路

还是家里的奶粉盒、洗衣粉袋、洗手液瓶上的文字，甚至门口的"福"字……都使她感到好奇。当时，我觉得应该给她讲故事了。周末，我会带她去新华书店，坐在绘本书架旁的地板上，读给女儿听。女儿总是沉浸在书海中，不愿离开。有时拗不过，也会买几本回家看。

希希到了小班，也就是三岁半的时候，我带她来到绘本馆。这里的绘本真多，古今中外，各种出版社的，各种类型的……我和女儿很快就喜欢上了这里。尤其是每周六和周日下午的种子乐读绘本故事会，太吸引孩子们了。难怪曾听到邻近城市的妈妈说过，江阴的孩子真有福气，有这样的好地方。

于是，几乎每个星期，我们都会来这里报到，都要借一大堆书回家。我从不担心希希会厌倦这些书，只会担心她让我读得太多，我会吃不消。现在回想起来，这短短的一年里，希希在不知不觉中，已经认识了绘本中大部分的字（当然，我读绘本时从不指字读，都让她看图）。也就是说，我在读绘本时，如果偷懒，就会被她发觉。甚至，希希养成了一个习惯，专门给大人们的读音纠错，我从未刻意地教过她，也从未在她面前纠过别人的读音。后来有一天睡觉前，我和往常一样读故事书，由于我的前鼻音和后鼻音是弱项，当读到一个我无法确认的字时，却是女儿很自信地告诉了我正确的读法，太不可思议了。

今年，江阴图书馆绘本馆新开设了"亲子读演坊"，希希也上台表演了角色。她觉得很快乐，前期积极排练，表演后感觉好极了，太有成就感了。

我只想以单纯的爱和关怀，为我的女儿每天添加几个精彩的故事，可以让她的童年时光更有趣。我相信，只要确定孩子的方向没有错，

父母就应该给予充分的时间和信任,让孩子慢慢成长,水到自然会渠成。

当然,读故事书,并不是教育孩子的全部,但通过亲子阅读,可以及时反思自己育儿的得失,修身养性,弥补自身的缺陷,把养育孩子的主动权掌握在自己的手中。这是我能做到的,也是应该做到的。

文/张 蓉

孩子的"眼睛"

前段时间有幸参加了江阴图书馆绘本馆的"种子妈妈"读书交流会,感动于图书馆提供的这样一个沟通交流的平台,感悟于一位位智慧妈妈的心得体会,感想着自己的读书教育得失。这真是一个很好的机会和方式,给了妈妈们更多的启示和感悟。虽然一直以来,作为成年人的我们,处于如此快节奏的现代生活中,总是充满了疲惫和埋怨,忙碌着我们自己的人生。但是,通过这样的交流活动,让我发现,原来静静读书,开心陪孩子看图,也是人生幸福快乐的真谛。享受着这过程带给我们自己心灵的洗礼,享受着孩子带给我们的无与伦比的惊喜和满足,我想,真正沉浸进去的人,才会有,才配有那纯真而淋漓的幸福。

在活动中，有妈妈提出一个问题："给孩子讲故事时，是不加点评地读好呢？还是给孩子讲每个故事的意义好呢？"真是一石激起千层浪，妈妈们热烈地争论着，每个人都有很好的理由和例子。其实，我也没有标准答案。我当时就在想一个问题：要不要问问孩子们啊？

孩子，一直以来，都会被父母冠以"全部"、"心肝"、"掌上明珠"等称呼。是的，对于有着几千年传统文化的中国来说，中国父母对孩子的爱一直是全世界公认的"无与伦比"的，是"极致"的，但也是"极端"的。我们也许更多关注的是我们"自认为"的孩子的需要。其实，我们真的不可能也没有办法完完全全地了解孩子在不同的年龄阶段、不同时期的那些不同的想法。我们能做的最多只能是去"扮演"他（她）的同伴，真正的童年和人生，是需要孩子们自己去完成的。

每个孩子都是充满魅力的精灵，他们用他们的眼睛看这个世界，用他们的双手摸索这个天地，我们没有必要给他们过多的灌输和填充，真的没必要。

《小猫钓鱼》的故事是中国的传统童话，记得在我很小的时候，就听过这个故事，而且还记得是课本里的一课。留有印象的不仅仅是故事的情节，还有老师那语重心长的教诲：做事情一定要一心一意，不能三心二意。当我把同样的情节，同样的教诲告诉给我的孩子时，我女儿却留给了我一个深深的思考。

她听了我的话，点了点头，沉思了会，对我说："妈妈，我觉得那个蝴蝶和蜻蜓做得也不对。它们为什么总是要去打扰小猫钓鱼呢？"对于女儿的这个问题，我确实无法一下子回答。记得我当时好像是说：

"嗯，是的。妈妈觉得你说得有道理。所以，我们也不能学蝴蝶和蜻蜓，不能去打扰别人专心做事情。"其实，我还是落入了"说教"的套路中了。这个事情其实一直没有终结，始终盘旋在我脑海中，我不得其解，也找不到合适的答案。

也许，应该更多去关注孩子的眼睛，去关注孩子的想法吧！不一样的孩子就会有不一样的思考方式和习惯，关注问题的角度也就会不一样。也许，就算我告诉了她答案，她也不尽全信吧？总得要自己有了那样真切的体验才会有更深的理解和认同吧。

我愿意去接受更多、更好、更先进的教育方法和理念，也愿意去改变自己的教育方式和习惯，但我从不愿盲目而始终统一地用唯一的一种思考方式和教育方法。我会热情洋溢地给孩子读书、讲故事，也会疲惫得不耐烦地躲避；我会精心设计巧妙的教育契机，也会直接灌输我的"是非观"。世界上本就没有完美的人，又怎能要求孩子和家长完美呢？只是，我们也许应该学会更多去关注对方的想法，关注自己的、孩子的眼睛，以此来充盈我们的人生，让那么多记忆和美好留待我们去回忆。

觉醒的小路

文／陈 蓉

当我们还是个孩子的时候，从来不知道爱有多少种可能性，原来爱不是简单地说是或不是，爱还能够主动去获取或勇敢地拒绝。

当我们内心涌动着来自本能的爱的觉醒时，没有人告诉我们这是什么，从何而来，到何处去。没有人注视着你的双眼，鼓励你让它在身体内流淌并轻轻地去体会和感触，让它在阳光下自然地生长。

当我们对爱或不爱心存疑惑时，我们得到的答案会是惊人的一致，没有人觉得这是需要搞明白的事，他们匆忙的目光和敷衍的回答，让我们为自己的无知和浅薄感到深深的羞涩和汗颜。

爱在我们成长的路上，在我们的手中，仿佛是种不透明的异物，是让人朦朦胧胧想靠近却始终保持着距离的物体，一直游离在外，它和真实的感觉像两条平行线一般，延向我们不确定的未来。

在有些人手中，爱和真实的感觉终在一刻会重合相逢。过去的经历和现时的经验提供了一个新的走向生活的蔚蓝天际线的出口，它将成长中无数条弯弯曲曲、细小茂密，甚至风吹雨打后就会被覆盖遮掩的小道，慢慢聚集成新的大道，通往生活的未来。

其实，爱一直就在我们的体内、脑海里，在我们成长的步履里。

从出生的那一刻起，从哇哇啼哭的声音里，钻入母亲怀里寻找天堂的一刹那，就饱含着爱的感觉。但，爱在沉睡，沉睡在我们意识的深处，爱在颠簸的路上无意识地触碰，下意识地跟随，我们不确定是什么在指引，是什么让我们走在方向难辨的小道上还能坚强寻觅。

但也可能，有些人一辈子都沉睡在爱的意识深处，没有觉醒的可能和机会。他们将觉醒放弃和遗失在不知不觉的交叉复杂的小路上。这一扇通往爱的觉醒和自由的大门对他们而言，永远是关着的，无缘去体验大门背后的另一片广阔风景。这个风景是觉醒后的豁然和清晰，也是和未知的自己重逢并对话。而敲开这扇门需要勇气和智慧，以及努力和探索，当然，还需要正确的帮助。如果这种爱的引导和帮助来得更早些，更确定些，他们的觉醒就会更早些，也会让人生的幸福来得更从容和自在。

对孩子而言，这样的启蒙和引导对他的一生来讲，是多么重要啊！超过他的学习技能，超过他本能的聪明和天赋，也逾越所有父母望子成龙的功利性价值。

这些感受来自于《爱与友谊》，法国哲学博士奥斯卡·伯瑞尼弗写的儿童哲学启蒙绘本书，与其说这是她写给儿童看的，不如说是写给成年人和儿童一起看的。与其说是用绘本语言进行了儿童哲学启蒙，不如说是给孩子开启了爱的觉醒的大门。当成年人和儿童一起来关注爱的意识和观念时，我们成年人会在感性和理性上有不同的启迪和思考，而孩子，也将会突破爱的传统思维方式，从线性思维走向多元化思维。因为绘本没有答案，没有"yes"或"no"，也没有"好"或"不好"，答案在孩子的心中，一千个孩子就有

一千个回答。甚至成年人也会在绘本一组组色彩、表情、图案的不同组合中，默默思考自己的答案。我就是如此。

爱是一个大问题，她是哲学的范畴，但同时也是生活的重要命题。当我们从孩童起，就能开始去触摸爱的形状，领会爱的柔和目光，将爱的舒服或不适的感觉、满足或不满足的体验放置到我们幼小心灵的思考里，就是在将潜藏在内心深处的爱的潜能激发并唤醒，这为孩童的未来，构建出了一种健康、自信和乐观的生活态度的可能性。

每个成长都有爱的痛或乐，每个阶段都会有不同的经历让人和爱交织。我们会在不断的觉醒里看到爱的多样性，尝试并非唯一的爱，明白爱的不确定性，并宽容地对待爱的不完美性，更能越来越清晰地分辨出自己想要的爱，然后形成属于自己的爱的态度。

如果能在孩童时期就有这样的启蒙和思考，每个孩子的一生或许就会在成长的道路上少一些岔道，少一些心灵的纠葛，他们会慢慢汇聚更多的爱的能量、能力和勇气，也会在复杂的现实生活里辨明自己想要的爱和不想要的爱，欣赏的爱或拒绝的爱，广阔的爱和狭隘的爱……最终让爱成为心灵自由、精神开阔的翅膀，以此抵挡变化的世界和层出不穷的难题带来的害怕和恐惧。

爱的觉醒不是刹那间的，而是进行时的，当《爱与友谊》合上最后一页时，她同时又给愿意思考的人带来更深的觉醒。

《爱与友谊》

作　者：（法）雅克·德普雷
译　者：袁筱
出版社：湖北美术出版社
出版年：2010 年
定　价：26.00 元

推开绿色小门

文/陈蓉

　　女儿每日睡前都缠着我讲故事，六岁了，这成为她和我的共同习惯。

　　《是谁在门外》是昨晚的主题故事，听书名，就够诱人的，孩子的心早已在隐隐的、带着神秘色彩的敲门声中涌上无数幻想和期待，美好的？可怕的？大怪物？小不点？

　　国外的一些幼儿图画书，让人很是欣赏和认同，无论是书名还是

绘本《是谁在门外》插图

内容都很能抓心，让孩子一下子就萌生了无穷的亲切感，揪着一颗童心，眨巴着眼睛，让你告诉他/她答案。

这些书总会从孩子的视角出发，蹲下身子，充满爱意，看着孩子的眼睛，追着孩子的目光，探寻孩子的世界。并贴近孩子的胸前，小心地倾听小小的心灵里都装了些什么，再用可爱的图片，纯纯的文字，暖暖孩子的心灵世界。她不说教，不硬塞典故，不明确地要你做什么、不做什么，她一步步地让你跟随图片的色彩变幻、场景想象和文字轻轻柔柔的脚步，让孩子在合上书的一刻知道，心里要装些什么，什么是幸福，什么是快乐，还会在心里问，自己是这样吗。

这些书的心思不费在一本书要一下子让孩子掌握多少知识点、懂的道理有多精深上，而是力求十几页纸，不留一点空白地涂满孩子想触摸的童话世界以及童年生活的表情，文字是疏朗的，纯真的，简单的，没有密密麻麻得让人失却翻阅的兴趣，甚至一页纸，除了图画，就是图画，文字隐藏在图画里，躲在主人公的神情背后，或跳跃在孩子的脑海里，不同的孩子看，就会有不同的想象和结果。因此，色彩斑斓的图画书，凝聚更多的是创意、想象、童真，那是天马行空的图案，

感动童年的阅读

却又是真实可信的文字，能在孩子的脑海里翻来覆去，是将美好的、善良的、诚实的启蒙滋味咀嚼来咀嚼去的一种阅读甜品。

图画书像一个充满童稚的大朋友，不紧不慢地，柔柔地牵着孩子们的手，轻轻走出铺满地板的小房间，推开一扇布满绿色树叶的小门，将门背后属于孩子们的世界一一还原给他们。她不急着全部呈现，一本书，一个小道理，一次感动，总让孩子在品尝甜品的体验中获得一次又一次的惊喜。这一次是《星期四哪里去了》，关于寻找生日的话题；下一次是《大熊有一个小烦恼》，关于倾听和友情的话题；还有《五个小怪物》，关于生存和环境的话题……很多很多。孩子在书里探路，去寻找理解、同情、感恩和友善的路径。这是滋养他们生存的另一种无形的水、空气、环境，不能缺失。不去懂得这些暖心的道理，怎能学会相处和感激，怎能知道爱的力量有多重要呢？

一本好的图画书，就是孩子的一扇窗，一扇门，要带孩子用眼睛，用心灵去发现里面的风景，帮助孩子拨开一些不解的迷雾。点点滴滴，细水长流，他们的爱心就会在图画书里变得愈加温暖和柔软，他们的眼神也会更加明亮和纯净！

因为讨厌 所以喜欢

文／陈 蓉

　　在我们的儿童绘本馆里，遇上一位妈妈，她对我说，她的宝贝女儿现在疯狂地爱上了绘本和阅读，因为有了这么多的好绘本和好故事。我很开心。可是，生活中还是有讨厌读书的小朋友，比如维克多·狄更斯。

　　他是绘本《我讨厌读书》的主角，大多数时候很乖，但有时候也很调皮，像许多小男生那样，有一些酷，有一些小叛逆，这样的小男生通常数学很好，喜欢科学。但是，他得了"讨厌读书"的怪病，语文成绩总是一团糟。他总是把书当凳子，和小狗佩吉一起在晚上八点钟准时收看电视，他的借口是佩吉撕坏了书，把碎纸埋进花盆而导致了他讨厌书。

　　其实，我们很多人并不是从出生起就天然喜欢上阅读的。只有阅读给幼小的心带来快乐，能让他们咯咯咯地笑，让他们感觉神奇，他们才会懂得阅读，才有可能和阅读成为一生的朋友。

　　或许在有些固执的维克多·狄更斯身上，这样的感觉会来得慢一些，晚一些，他还没有从阅读里找到像滑板一样的乐趣，所以，只是为了应付母亲才装模作样地坐在书桌前，也为了只有这样才能被允许看八点钟的电视。

在百无聊赖翻书等待的时候，穿白色礼服的鳄鱼、捧着金币的小田鼠、打扮成加勒比海盗模样的瘸腿鹦鹉、穿黑色大靴子的兔子、戴着羽毛帽子的青蛙王子和沉睡百年的睡美人，接二连三地从书里蹦了出来，让维克多目不暇接。

他开始有些怀疑"我还是那个名叫维克多·狄更斯的男孩吗？我真的是在索尔兹伯里读三年级吗……"

但我们知道，维克多的小叛逆总会不时地表现出来，他还是讨厌书，讨厌故事。相比之下，他更愿意去抓虫子，然后用脚一个个踩死它们。可就像很多男孩对妈妈那样，他说着"我不和你好了，我不和你玩了，不理你了"，可还是会透过指缝偷偷看你，等你去逗乐他。

书里的故事太丰富、太神奇了。某一页，一向写着不屑不睬神情的维克多，开始有些心满意足地坐在书桌前，和故事里的动物们一起想象着下一步可能会发生的故事。

越是被禁止的，他越是喜欢去做。

他想象着小狗佩吉又在撕咬那些书了，他的老师变成了长着蛇头的怪物，把海盗鹦鹉、青蛙王子、夜色里的小鸟故事书一本本扔进滚烫的锅里，同学们喊着"我们讨厌读书！"

狂喊声惊醒了浮想联翩的维克多，却发现只是个假想。这下，他猛然意识到，就在刚才的想象里，从来讨厌书的他，居然为可怜的主人公们难过了，他多么不希望他们和他们的故事被毁掉。但是，只要眼前的书还在，主人公们的故事就不会丢失，就会继续陪伴着自己。看到这儿，维克多顿时放心了，微笑了。

奇妙的变化在某个夜晚降临了，讨厌读书的小男孩，纯真的眼睛和奇幻的故事相遇，像火花般闪现，他走进了书中，书也走进了他。虽然他们的相遇有些晚，但终究来了。

"现在他一边读书，一边希望故事永远不要结束。"这本书到最后一页，也没有看到"我喜欢读书"的文字。但我们都猜到了，维克多已经着迷于读书和故事，书以某种奇异的力量深深吸引了曾经那么倔强地讨厌它的男孩，这真是一种奇迹。

无论你是父母，还是和维克多同龄的孩子，一定会为他欣慰和高兴，因为和书做朋友，会成为这辈子最快乐和骄傲的事情。真希望这个奇迹出现在每个孩子身上，让美好的想象、巧妙的故事、动人的情节为他们的生活插上充满趣味和幸福的翅膀。

后来，书的作者利塔·马歇尔女士又写了《我还是讨厌读书》，读懂了《我讨厌读书》的孩子一定不用翻阅，就会大声地喊道，他肯定在说："我喜欢读书！我就是喜欢读书！！"

《我讨厌读书》
作　者：（美）莉塔·马歇尔　文
　　　／（美）艾蒂安·德拉瑟　图
译者：李媛媛
出版社：明天出版社
出版年：2011 年
定　价：29.80 元

感动童年的阅读

书是我的好朋友

文／庄 苑

我曾经正儿八经地问过月月："月月，你觉得妈妈是个什么样的人？"她不假思索说："妈妈是我最好的朋友，我最喜欢和妈妈一起玩了。"我觉得她说得挺好的，我一直努力让自己以"好朋友"的身份，去参与她的人生，去陪伴她的成长。

做她的好朋友，有一件很重要的活动就是陪伴她一起读书。在她还懵懵懂懂不会说话的时候，我就时常拿个布书翻给她看，念给她听，早早地让书介入到她的生活中。每次，我都耐心地诵读，就如同她真的听得懂一样。其实在我心里，我相信她是能听懂的，因为她是那么地安静，那么地专注，她的眼睛跟随我的手指在书上一个字一个字地漫步，走到页尾时，她会殷勤地伸出小手，笨拙地帮忙翻到下一页。慢慢地，不用我教，她就很自然地认识那些字了。

上了幼儿园，足够的识字使得月月已经能直接与书本对话了，市图书馆的绘本馆便成了我们常常去光顾的地方。有时我念给她听，有时她念给我听，多数时候是她自己安静地沉浸在书中的小世界里。每次临走，我们都要借几本回家。我说：月月，我们邀请两位书朋友到家里小住吧，陪你一起玩，一起睡觉，好吗？""太

好了！"她总是雀跃着应允，"书是我的好朋友"，在她的小心灵里，渐渐形成了对书的这样一个定义。这个朋友形影不离，早起时，晚睡前，无事可做的时候都能看到它的身影。

每天读书，每天在故事里沉浸，书里传递的种种，在小朋友的现实生活中，其实发挥着潜移默化的作用。比如她看《黑兔与白兔》，会说："妈妈，我们就像黑兔和白兔一样，永远不分开。"她看《猜猜我有多爱你》，会说："我就像相框爱相片一样爱你。"她看《猪小弟的故事》，自己念出来："面对自己喜欢吃的东西，如果能克制住的话，长大后就会成为了不起的大人物。"也会在不情愿关掉电视的时候给自己打气说："我一定要克制住啊！"而这时，我一定毫不吝啬地给她一个大大的拥抱，由衷地说："宝贝，你真棒！"

是的，通过阅读，通过一个个生趣盎然的故事的灌溉，我觉得孩子就像种子一样破土发芽，舒展枝叶，一天天成长，一天天丰富起来。在书中，她一定体会和感受到那些关于诚实善良、关于勤劳勇敢、关于爱与付出等大量的情感认知，而这些，我想，不正是一个孩子情感启蒙和情商培养所最需要的东西吗？相比较我们这些家长表面上有道理，实质上干巴巴、空洞洞的说教，孰优孰劣？答案一目了然。

高尔基也说：热爱书吧，它是人类的朋友！我希望月月在这个好朋友的指导下，能够寻找到生活中更多的乐趣，能够更好地具备一些优秀的品质，希望她们做一辈子的好朋友。

写这些的时候，月月正用稚嫩的嗓音唱着凤凰传奇的《荷塘

感动童年的阅读

月色》:"我像只鱼儿在你的荷塘,只为和你守候那皎白月光,游过了四季荷花依然香,等你宛在水中央。"我突然觉得,月月就是那只守候的鱼儿,而书就是她的心头好。

《黑兔与白兔》

作　者:(美)威廉斯 编绘
译　者:彭懿
出版社:南海出版社
出版年:2008 年
定　价:36.80 元

兴趣与坚持

文／华万英

　　我们总会听到有这样一些孩子的声音：我讨厌，我讨厌书。绘本《我讨厌书》讲的是父母想尽了办法给米娜买了很多书，可米娜总会跺着脚说"我讨厌，我讨厌书！"幸好有一天，书中的人物、动物偶然从书里掉出来，米娜为了让它们各就各位，不得不读起书本。当米娜一本一本读起来，动物们就一个一个回到了故事书里。让米娜不经意间爱上了书。

　　是啊，做什么首先要感兴趣，尤其是孩子，这样他才会自主地去做。读了这本绘本不禁让我想起女儿小的时候，那时我还在幼儿园当教师，经常会借一些幼儿读本回家，每天安排孩子看二十分钟左右，那时还没听说有绘本，当孩子在书里有所发现，有所进步，我会及时用"你真行"、"你真棒"的话语来表扬她，女儿受到赞扬很开心。女儿喜欢画画，我就让她临摹幼儿读物上简单的事物，并张贴在墙上，女儿对书更有兴趣了。要让孩子爱上书，爱上阅读，必须从培养孩子的兴趣入手。

　　记得当女儿在一年级学完拼音以后，我从书店里挑了几本色彩绚丽、图文并茂的寓言故事书回来。开始每天晚上花半个小时和女儿一起看书。后来根据孩子的好奇心理，我只讲故事的开头，故事的发展、结果如何，就让女儿独立完成。为了让女儿养成天天阅读的习惯，每晚上临睡前我与女儿一起每人轮流讲一个小故事，这时也会谈起读书的道理——多读书，长知识，懂道理，人才会不断进步，女儿便会频频点头，表示赞同。读书与讲故事相结合，使女儿有了看书的欲望，提高了阅读兴趣。每天完成作业后，她会不由自主地到书房里去挑书看。星期天会捧着书坐上一两个小时，看着看着，有时竟独自笑出声来，还把惹人笑的内容讲给爷爷奶奶听，和他们一起分享快乐！我感到非常高兴，女儿迷上看书了！

如果你的孩子还是不爱看书，那么快跟我一起走进绘本书《我讨厌书》吧。

《我讨厌书》

作　者：（加拿大）琳妮·弗兰森　图
　　　　／（加拿大）玛秋莎·帕基　文
译　者：萧晶
出版社：上海人民美术出版社
出版年：2008 年
定　价：23.00 元

NO.2 守候启蒙之路

六步"读"曲

文／张 蓉

（一）

公园里（晚饭后散步）

"给我吹吹泡泡吧？"一个小女孩眼巴巴地看着正在吹肥皂泡泡的我的女儿。"给小妹妹吹吹吧？"我不忍心，向女儿要求道。"不！不！"女儿说完扭头就跑开了。

我有点生气，很想骂骂她，可是责备有用吗？

家里（睡觉前讲故事）

"妈妈，今天还给我讲《白雪公主》的故事吧？"女儿期待地看着我。

"妈妈今天心情不好，不想讲故事。"我表现出很伤心的样子。

"妈妈，为什么呢？"女儿爬起来抱着我脖子问。

我看时机成熟，于是让女儿坐正，开始和她面对面讲道理。"妈妈是觉得你刚才在公园里做得不对。你可以把泡泡给小妹妹吹吹的啊？大家一起分享不是很好吗？人只有学会分享了，才能得到更多的快乐和朋友啊……"滔滔不绝地，我讲了很多道理，看着女儿似懂非懂地点点头，我很满意这样的状态和结果。

感动童年的阅读

饭桌上（吃饭时间）

"我要吃鱼，把鱼放我面前！"女儿挥着手指挥着她奶奶。当爷爷准备吃一块鱼时，女儿把鱼盘子抢着抱到怀里，大声喊道："不许爷爷吃，这个都是我的！"大家愕然。我意识到原来我昨天给她讲的"分享"的道理她并没有明白。

（二）

图书馆

周末学完舞蹈，带女儿来到幼儿阅读室。看到满柜花花绿绿的图画书，女儿开心极了，缠着我读书给她听。我们找到了一本《小兔玛雅的快乐》，我读着文字，女儿看着图画。

"小兔玛雅是个很漂亮很可爱的女孩子，爸爸妈妈可喜欢她了，总是给她想要的东西……可是，玛雅很不快乐，这是为什么呢？原来，她没有朋友呢……这天，小熊艾迪来玛雅家玩，当艾迪看到玛雅的火车玩具时很高兴，也想玩，可玛雅却不愿意给艾迪玩，她把火车藏起来了……她把娃娃也藏起来了……她把漂亮的布袋子也藏起来了……她把好吃的果冻也藏起来了……她们面前什么玩具都没有了。艾迪觉得很没意思，她回家了。于是，玛雅又只有一个人玩了，她很难过，她很不快乐。她想：如果我没有把玩具都藏起来的话，艾迪就不会回家了，我就可以很快乐地和她一起玩了……可是，第二天，当玛雅邀请艾迪去她家玩时，艾迪却不愿意去了。玛雅更难过了。她失去了她

的好朋友，也失去了她的快乐。"

女儿听得很认真，看着图画上玛雅难过的表情，她也会紧紧地锁着小眉头。故事讲完了，女儿还要求我再讲一遍，因为要到吃饭时间了，我有点不耐烦了。可是，女儿还是坚持自己又重新翻了一遍，才依依不舍地把书放回了书架。

淘气包里

女儿骑着小马跳来跳去。一个小弟弟走上前来也想玩小马。女儿看了看小男孩，轻轻地从马上跳下来，大气地对小弟弟说："给，你玩吧。我们一起玩才会有很多快乐哦。"说完，她拉着弟弟的手教他怎样骑上马背，可是，她力气太小了，拉了半天，只是把弟弟的身体拉上了马背，腿还踩在地上，然后女儿一松手，弟弟就滑下去了，两个孩子你看看我，我看看你，坐在地垫上哈哈大笑。

回家路上

女儿自言自语地说："我不要学玛雅，我要快乐。"

看着女儿的笑容，听着她说的话。我突然发现：阅读原来有这么强大的力量。说教离开了故事的阅读其实是苍白无力的。强逼的"阅读"还不如开心的"悦读"，榜样的力量是无穷的。

相信"悦读"的力量，让孩子有个快乐的童年，让孩子有个乐观的心态，让孩子成为阳光的精灵！

小蚯蚓 大世界

文／陈俞英

　　这是一本普普通通的绘本。排列在绘本馆的书架上一点也不起眼，我无意中抽出了它，快速地浏览了一下，心想：这本绘本的图并不"美"，也没有什么明显的故事情节，恐怕不能打动女儿的心。要知道，乐乐一向偏好"美"的东西：精致的画面、娓娓道来充满爱意的故事……

　　抱着试试看的心理，我和女儿一同读起了《蚯蚓的日记》。拿到书，我习惯性地让她先随意翻翻看看，没想到，女儿出乎意料地喜欢上了它。她大声喊我过去，快速地翻着页面，指着图激动得不得了："妈妈，快来看呀！蚯蚓的座椅是瓶盖，蘑菇是它们的圆桌！""哈哈！小蚯蚓被蜘蛛吊在树上下不来，好可怜哪！""你瞧，这么多的蚯蚓在跳舞呢！"仿佛图画中展现的不是一个我们陌生的地下世界，也不是动物王国里的小生命，而是她想象中期待的画面、生活中亲历的场景、身边形形色色的小伙伴。一本好的绘本就是这样，也许看起来普普通通，却能牢牢抓住孩子的心。

　　这是一本讨孩子喜欢的绘本。女儿首先被蚯蚓可爱的造型吸引了。再走进绘本，有趣的内容更令她爱不释手。有近两个星期的睡前故事时间，她都央求我反反复复地讲。一遍又一遍就绘本里的细节向我发问，一次又一次为人物的所想所做哈哈大笑。"妈妈，蚯蚓要对蚂蚁说六百个'早安'，我也来说，你帮我数好吗？""蚯蚓为什么不能吃口香糖呢？""永远不必看牙医，哦，我知道了，蚯蚓它没有牙齿。"那段时间，她对蚯蚓这一地下的生命真是越来越感兴趣了。通常很少有人喜欢蚯蚓的外形，但对书中憨态可掬、趣事连连的蚯蚓，女儿却极有好感，以至在某个雨天后的花园里见到了蠕动着的蚯蚓，她也镇定自若。想来，《蚯蚓的日记》是另一类"文质兼美"、"文图兼美"的绘本吧！

它又是一本富有内涵的绘本。绘本吸引孩子的理由绝非我们成年人能断定。书中看似无意实则有意地介绍了蚯蚓的外形特征、生活习性，令孩子对未知的世界产生了探索、证实的欲望。更何况第一人称的叙述角度是如此让孩子有贴心感呢！仿佛书中的小蚯蚓就是翻阅绘本的那一个小孩子。绘本中蚯蚓历经的一波三折更让女儿体验与释放了情绪。书中 4 月 10 日的蚯蚓日记中写到"跳房子是一种非常危险的游戏"，这时画面中蚯蚓惶恐的神情与兴奋不已的孩子两相对比让女儿满目紧张。4 月 20 日，"他们大声尖叫。我就爱看他们这个样子。"这时的蚯蚓仿佛翻足了本儿，看着孩子们抱头鼠窜却镇定而坏坏地笑，蚯蚓的调皮举动让女儿忍俊不禁。"地球永远不会忘记我们的存在。"听到这句，女儿从跌宕起伏的情感浪潮中回过神来，屏息凝神，若有所思。再细看这本书，书中的环衬和封底，都有着太多有意思的信息，女儿和我就这样在每天的阅读中发现一点点。

它还是一本与众不同的绘本。该书将日记的形式与常识性介绍融为一体。在幼儿书籍中，这种类型的绘本是不多见的。它的这一特点说不定会影响孩子，成为日后习作时的构思呢！

感动童年的阅读

《蚯蚓的日记》传递了小小蚯蚓的自我认识，大到和世界的关系，小到自己在家庭中的行为规范，令我们看到那小小的生命是那么的纯真，那样的干净，它们的世界里是满满的真诚。与女儿一起阅读，我也深深喜欢上了这本绘本，还有那些不起眼的——小蚯蚓。

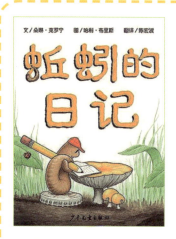

《蚯蚓的日记》

作　者：文/朵琳·克罗宁
　　　　图/哈利·布里斯
译　者：陈宏淑
出版社：少年儿童出版社
出版年：2005 年
定　价：27.80 元

父母爱看图画书

文／金 静

　　常听到年轻的妈妈们说："我们小时候都没有看过图画书，那时也没有像现在这么美的书，也根本没体会到看图画书的乐趣。"所以每次想到我们童年的日子，常常忍不住感叹：现在的孩子实在是太幸福了。

　　孩子能够坐拥书城真的很幸福，可是，真正爱看图画书的孩子有多少呢？一直认为看书不仅是孩子一个人的事情，更应该是一个家庭的事情。当今的社会，信息爆炸、竞争激烈，又有多少家长能静下心来引导孩子爱上图画书呢？妈妈是孩子最好的老师，这话真的一点都不错，孩子的模仿力是最强的，若是妈妈爱看图画书，孩子也会爱看图画书的，这是我的切身感受。

　　儿子小的时候很不喜欢看书，每次给他讲故事时，他总爱动来动去，一会儿低头摆弄衣角，一会儿自己随意乱翻书，一个故事还没讲完，他就不知跑哪去了。我常常纳闷：什么原因呢？难道儿子就是不爱看书吗？因为在图书馆工作的关系，我接触到了绘本。看过几本之后，我深深被它简单的文字、唯美的图画所吸引。想了想，决定自己先开始看，让自己的习惯慢慢影响到他。于是，我坚持每天回家读三本绘本。刚开始时，儿子并没什么太大反应，我也不强求。但有一天下班回家，

发现他居然自己在看我放在床头的《谁咬了我的大饼》，这是一个轻松诙谐的绘本故事，故事情节充满悬念，结局出人意料。儿子还不认识字，但能认识很多动物，我一进门，他就嚷嚷："妈妈，讲故事，讲小猪的故事。"

看着他涨红的小脸，闪亮的小眼，我心里一阵窃喜，赶紧抱起他绘声绘色地读起来。书的第一页，一只小猪躺在一块完整的大饼旁边，儿子看到惊喜地喊："妈妈，小猪在睡觉了。"再翻一页，发现大饼上出现了一个半圆形状的缺口，他又凝神思索是谁咬了大饼呢？故事就这样开始了，小猪开始寻找这个偷吃大饼的小偷。而儿子时而皱眉，时而开怀，听得津津有味。当我讲到最后一页：小猪的肚子饿得"咕咕"叫，"啊呜"，他也在大饼上咬了一口。"吧唧吧唧"，他一边嚼着大饼，一边想：究竟是谁咬了我的大饼呢？儿子马上凑过来哈哈大笑说"妈妈，你看，现在咬的这个印子和饼上原来的印子是一样的。"故事结束了，儿子通过自己的慧眼发现了其中的秘密：原来大饼一直是小猪自己咬的。

从这个小猪的故事开始，儿子有点喜欢听故事了。书看得多，问的问题也随之多了。经过几次之后，我愈加发现在给孩子讲图画书的时候，一定要自己先做功课。因为在讲的过程中你不知道他会问些什么问题，如果你只是直接找本书读，自己没有看过的话，一定会觉得很陌生，情节和语言都不熟悉，很难给孩子解释好。有时碰到他问的问题回答不出，我会直接说不知道，但我会去查书，或者上网查找答案。在孩子面前父母不需要装百科全书，也不要自作聪明。但可以虚心好学，让孩子养成科学对待知识的习惯。

同时，很多图画书同样适合父母阅读，如《爱心树》，讲述了一棵大树和男孩之间的温馨故事。男孩与大树，分明就是现实中的子女与父母，故事的字里行间涌动着暖暖的情思。我看了之后心情很沉重，只求给予，不求回报，除了我们亲爱的父母，还有谁会这样。感动的同时，我在想：我需要给予大树什么，我是否需要感恩、报恩？很多道理我们都懂，可是还有什么能比用图画的形式表现出来更容易让人理解和接受呢？毕竟，感受是需要阅历的。

很多图画书，父母讲时可不必照读文字，因为有些语言不太适合讲述。若是父母也爱上看图画书，一定会带着情感走进这些故事，把自己阅读时的感受和与孩子一起阅读的感受结合起来加以思考，还能在讲述时结合孩子的兴趣、个性特点对图画书进行适当改编，让孩子更容易理解故事，达到一本图画书愉悦全家的效果。

随风潜入夜，润物细无声。让孩子爱上阅读的捷径，就是父母先爱上阅读，并和他／她一起阅读，就让我们从爱上图画书开始吧！

《谁咬了我的大饼》

作　者：徐志江　文／图
出版社：东方娃娃

感动童年的阅读

涂写生命底色

一个好的故事，具有恒久的生命力，人们到处传诵；一个好的绘本，会有吸引孩子的故事情节；一个美好的童年，要拥有和自我对话的阅读世界。若想懂得自己的孩子，就到绘本里去找寻他的影子，若要给孩子未来一个优雅的拥抱，就牵起他的手，在洋溢温暖和关怀的绘本里，一遍遍认真涂写属于他的生命底色吧！

文/陈 蓉

顺着红线向下翻

手头刚刚拿到我们儿童绘本馆新做的宣传册，绿色和咖啡色为主色调，绘本馆的照片则是彩色的。一眼看去，内心已经很喜爱了。

"走近绘本·分享阅读·共同成长"——孩子的阅读从绘本开始。很喜欢封面上的文字和四个充满笑意的卡通脸，还有小脚丫，从阅读开始起步，走向人生的每一个下一步。"能不能在一间到处摆放玩偶的房子里，和孩子一起读一本书，久违的儿童书，其他书籍，非请勿入，让孩子触目皆是幸福的构图和夸张的想象力，即便只是一个想象的情形，也预感了某种幸福。"文字传递了绘本阅读的愉悦和期待感，亲子共读的想象也从 120 平米的绘本馆里一点点蔓延开来。

绘本馆的玩偶，被夹杂着放在木制的书柜间，或坐或躺，吸引着孩子的视线，俏皮和生动柔化着书本的硬朗和规整摆放。斜躺在墙上圈圈里的蓝印花布小熊，一如初摆放时憨气可人，花瓣式的粉色挂钟，倚靠绿色大树，亲切守候着孩子们的每一次到来。呵，这些都是我亲自淘来的。它们是非卖品，曾拒绝了一次次孩子和家长们的购买请求。

设计师如此有心和可爱，将小册子做得有如绘本馆一般让人沉浸

079

其中，充满惊喜。曾听说她其实很想在绘本馆工作，能成天和张扬着视觉、构图和色彩的设计风格的绘本书一起呼吸，和孩子们一起在书架前满足地微笑，快乐地成长，该是件多么放松和愉悦的事啊！若没这份感同身受的喜爱和心意，怎会将这册子打理得有滋有味，让人倍觉舒适和新奇啊！

她选择和借鉴了绘本书《我等待》的主题设计风格。这本书中的小男孩对世界、对生命、对亲情以及对生活的感受被一根红线所连接，红线让孩子认识了爱，懂得了爱可以维系一切，并要珍惜。他所等待和期盼的一切都会因爱变得美好而开朗。因此，从书中第一页直至最后一页，红线如小蚯蚓弯弯曲曲，但又连绵不断地涂鸦不止，形成强有力的视觉效果，更不断隐示着红线如生命般存在和重要，吸引孩子的视线并引发他们的提问和思考。

我和女儿讲过这个故事，也和绘本馆的工作人员一起交流过。因为我觉得真正能入心的儿童故事必定不只是引发孩子的兴趣，更是会让成人感受到其间的意义和乐趣的。曾读到过一句话："一个好的故事应具有放之四海而皆准的力量和生命力，把玩耍中的儿童和壁炉边取暖的老人都吸引过来的力量。"意思应该是相同的。因此，红线不只存在孩子眼中，让父母和孩子一起坐在绘本馆里，共同顺着那根红线往后翻阅，探索红线里的故事，寻找红线背后的意义，也该是这可爱的绘本能触发的最动人和悦人的场景了吧！

小册子的封底：

有一天

当你牵着孩子的手走进儿童绘本馆

感动童年的阅读

你一定会暗暗庆幸

幸福原来就在身边

"生命的教育"主题故事会即将启程

等待你和孩子共同踏上幸福的阅读之旅……

　　最后两句是我加的，小男孩在册子里等待什么呢？等待有更多打开他幼小心门的故事，给他更多理由爱上这个世界和生活的绘本故事。这就是我们能做并正在做的，可能也就是握在我们手中，那根长长的红线吧。

江阴市图书馆绘本馆宣传册

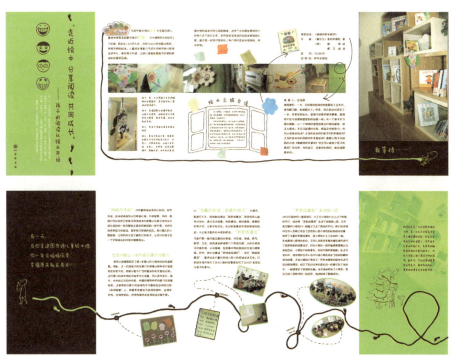

NO.3 涂写生命底色

文／金　静

给他自由，给他爱

　　看到《亲爱的小鱼》封面时，相信所有的人都能发现，封面上有一只猫咪在亲吻水面，透过水面我们可以看到一条比猫咪大两倍的鱼儿。依照思维，我们都认为鱼是猫的食物，一只猫怎么会亲吻一条鱼儿呢，这会是怎样的一个故事呢？带着这样的疑问，我翻开了这本书。

　　这本书的主角就是这只猫咪，它为我们讲述了一个单纯快乐而又有点伤感的故事：故事看似猫咪的独白，"我"在鱼缸里养了一条小鱼；"我"用面包喂食小鱼，"我"用吻向小鱼表达爱意，还会在小鱼长大的时候，忍痛把它送到开阔的水里；而当获得自由的小鱼在"我"的期盼中仍然游回到"我"的身边时，"我"也将因此得到最好的爱的回报。本书借着一只猫咪与一条小鱼的情谊，温暖地道出爱与包容的真义。故事中传达的温柔与理解，值得所有人细细揣摩。在故事里，爱不但诉说了满怀期待，更意味着松手的自由。最终的最终，爱的轨迹将牢牢印在手心，仿佛一条无形的丝线，将我们爱的人牵引回我们身旁。

　　爱不需要费力地去约束，爱需要给予信任与自由，不管是友情、亲情还是爱情，这都是不变的真谛。就如书中的猫咪，基本上每一幅画里的动作都是不一样的，正是这些简单而又不夸张的动作，才呈现

出默默的付出。

　　书中最动人的画面就是猫咪把小鱼放入大海后，在礁石上等待小鱼的归来，整整两个篇幅从白天到黑夜，让我由内心生出了一种凄凉孤寂的感觉，深深地被打动着。

　　书上有这么一句再经典不过的话了："我给你自由了，你却回来了。"怎么读都会有不一样的感觉，书中文字不是很多，只有短短 14 句，却足够引发人在有限的画面中生出无限的遐想。 有人说这本绘本不适合

《亲爱的小鱼》

作　者：安德烈·德昂
译　者：余治莹
出版年：2007 年
定　价：29.80 元

孩子看，是写爱情的。其实不然，我们可以换个角度来看，它也可以是写一位母亲对子女的爱。爱有很多种，只是看我们怎么来诠释了。

作为女儿，我当是一位从小呵护我长大的母亲，在我长大可以出去闯荡的时候，她给我足够的自由让我一个人飞，可是她的目光一直追随着我，期望自己的女儿可以平安，健康。如果累了想休息了，家永远是我最温暖的港湾。这样无私的付出，才能体现出母爱的伟大啊。

作为妻子，我当是自己给丈夫足够的自由和包容，我想告诉他给你自由也是我爱你的方式，而在你的背后是我固执的守候。

安德烈·德翰在他的官方网站上表示：《亲爱的小鱼》是关于友谊和理解的，而最重要的是爱。这是一本值得珍藏、耐人寻味、看一百遍会有一百遍感触的书。每个人对这本书都会有自己的理解，相信你一定会品出属于自己的味道。

文/陈 蓉

远方风景

《活了100万次的猫》，是日本著名的绘本作家佐野洋子在上世纪70年代的作品，也就是说，和我的生命诞生在同一时代，但心有遗憾的是，到今天，才有机会留意到这样的作品，还是因为陪伴宝贝共度阅读时光，才关注到。在日本，这本书被赞誉为"被大人和孩子爱戴、

超越了世代的图画书"，出版了 150 万册。

传说中猫有 9 条命，但这本书里的猫有 100 万条命。虽然形式上是写给孩子的绘本，但跟随宝贝一页页翻下去时，蓦然间发现它也触动了我内心最柔软的部分，并绵绵不绝。一本讲述和表达爱的图书，是可以跨越时空、性别、年龄的，因为对真爱的追求，是永恒的命题。她是一个美丽伤感的童话，更有所有人可以被感动的故事情节。

这是一只虎斑猫，一只很酷的虎斑猫，一只死了 100 万次，又活了 100 万次的虎斑猫。书的封面，它威风凛凛地看着我们，好像在说："我活过 100 万次呢！"那种外表和神情，是会让很多人羡慕的骄傲和自得。是啊，对动物和人类而言，生命的不老和延续是被渴望的，谁不想拥有魔幻般的力量？

它 100 万次活着的时候，就有 100 万个人宠爱过它，它过着被宠被疼的日子。可它那时的样子，恹恹的，一点精神都没有。它每一次活着，都会有一个故事，故事里遇到不同的人，有着不同的身份，每一次它死后，宠爱着它的人们都哭过，他们非常伤心，可是它一次也没有哭过，是那么地孤傲和冷漠。

有一回，猫遇到的主人是国王。可是，猫讨厌国王，这个国王总是发动战争，还把猫用一个漂亮的篮子装起来，带到战场上，让猫领略和分享他的显赫战绩。国王很喜欢它，给他最好的食物和住所，国王又那么爱它，走到哪里就会把它带到哪里，但猫不喜欢他。有一天，猫被一只冷箭射死了。国王捧着猫哭了起来，仗也不打了，回到了王宫，把它埋在了院子里。后来猫活了，可它一点都不被国王感动。

有一回，猫遇到的主人是水手。可是，猫讨厌水手。水手带它走

NO.3 涂写生命底色

遍了全世界的大海和全世界的码头。有一天，猫从船上掉了下来淹死了。水手用网子把它捞上来，抱着它大哭起来，把它埋到了一个遥远的港口的树下。后来猫活了，但它没有被水手的眼泪打动，它甚至厌恶这样的奔波。

国王和水手以为他们很爱这只虎斑猫。他们以为，爱它，就是把它带到他们喜欢的地方。怎么可能呢？这不是爱，这是强迫，是用满足自己的需求来把爱强加到猫的身上，他们用外在的舒适条件来为自己的爱寻找理由和借口。他们其实都把猫当成了他们的工具，他们可以炫耀的工具——看，我有一只如此漂亮的虎斑猫呢！

这实在很可怜——也许，国王和水手一辈子都不知道猫并不为他们心动、悲伤，也不会知道这是为什么。

猫还曾经是一个魔术师的猫，曾经是一个小偷的猫，曾经是一个孤零零的老太太的猫，曾经是一个小女孩的猫。然后呢，它当然就成了魔术师表演时候的演员，成了小偷的帮手，成了老太太解闷的工具，成了小女孩的玩具。这时的猫，没人爱它了，为了被逼迫的利用，它付出了生命的代价。结果，它被锯死过，被狗咬死过，老死过，还被背孩子的带子勒死过，但是它已经不在乎死亡了。因为它的存在和死亡好像和它自己没有任何关联，麻木地行走就成为它脸上最真实的表情，它也不知道生命究竟有多远有多强，也许，原本就是如此。

是啊，如果它没有成为自己，如果它没有真正感受到自己的存在，活100万次有什么用呢？

这一回，这只很酷的猫不再是别人的猫了，它成了一只野猫，没人管，没人爱，它不再是附属品和装饰品了。它从图案上的小不点一下子变大了，身子几乎占据了整个画面，它的眼睛灼灼放光。它从别人的爱的笼子里逃了出来，从被人束缚的房间里逃了出来，逃出窗外，逃出大门，逃到路上，成为自己。成为自己的感觉真好啊，它穿街走巷，欣喜若狂——更何况，每一只母猫都想成为它的新娘。它们送来了各种各样的礼物，有的还去舔舔它漂亮的虎斑纹！可是它说："我都死过 100 万次了，我才不吃这一套！"因为它比谁都喜欢自己。它知道自己是只不死的猫，神奇的猫，拥有魔力的猫，它要让所有的猫都羡慕它。

可是，只有一只猫连看也不看它一眼，这是一只美丽的白猫。她一出场就是如此地高贵，占据了整个画面。她的毛，雪白雪白的，那么柔顺，让人几乎不忍心碰她。她的眼神，多温柔啊，仿佛外面的一切都与她没有任何关系——她只是她自己，一只高贵的白猫。

"他"和"她"发生了故事。他走到她面前骄傲地说："我可死

《活了 100 万次的猫》

作　者：佐野洋子
译　者：唐亚明
出版社：接力出版社
出版年：2004 年
定　价：28.00 元

过 100 万次呢！"可是她只说："哦。"他说："你还一次也没有活完吧？"她说："哦。"他有点生气了——怎么就是不理我呢？一天、两天、三天……每天，他还是忍不住地跑到白猫身边，说同样的话，问同样的问题。她呢，每次回答只有一个字："哦。"

这时，我们看到了他在她面前的挫折感，这只虎斑猫啊，再也骄傲不起来了。

有一天，他终于忍不住了，在白猫的面前翻了三个跟头，说："我呀，曾经是马戏团的猫呢。""是吗？"她只说了这么一声。"我呀，我死过 100 万次……"说了一半，他忽然很直率地问她："我可以待在你身边吗？"她竟然说："行呀。"

故事到这里，纯净的爱之泉开始流淌了。这就是爱啊——不需要任何理由，不需要任何承诺，只要心为所动，找到方向，一切就可以改变。他也真正成为了自己，一个知道自己需要和被需要的自己。他感受到了自己的强烈知觉，明白了生的重要意义。这是麻木地死、麻木地生 100万次、1000 万次都不会感受到的。和这相比，白猫的一个点头，胜过

《活了 100 万次的猫》插图

100万、1000万个人的宠爱和占有，有什么能比他现时的快乐来得更激动和振奋吗？真是狂喜！一只野猫从此有了自己的爱，而这正是白猫也需求的。他不再寂寞地行走，不是一个神情骄傲而内心孤独的独行侠，他的生命开始重写。这次，他为爱而活。

结婚了。白猫生了许多可爱的小猫。虎斑猫再也不骄傲地说"我呀，死过100万次了"。这成为他光辉的历史，存活在记忆里。他用所有的时间和精力去享受现在的生命。死成为远离他生活的一个名词和一种方式，不愿意提起。他比喜欢自己还要喜欢白猫和小猫们。他属于自己，也属于自己爱的白猫和孩子们。小猫们很快就长大了，一个一个都成了自由的野猫。

虎斑猫和白猫也渐渐地老了，虎斑猫多想和白猫在一起永远地活下去啊！他从来都不会再去回忆那死而复生的日子，也不再渴望那神奇的魔力再次降临。有一天，白猫实在是老得不能动了，静静地躺在他的怀里再也不动了。她死了……这是一幅多么让人感伤的图画和情节啊！虎斑猫放声大哭，他张大的嘴巴里所透出的绝望占满了整个画面，撕心裂肺的疼痛从虎斑猫的身上一点点溢出来。他从来没有哭过，但这一次，他把所有的泪水都倾泻而出，他要把100万次生命的泪水全部流干，为了这唯一的一次爱。

这只虎斑猫，这只死了100万次也没有哭过一次的虎斑猫，现在，他从晚上哭到早上，从早上哭到晚上，它哭了有100万次。一天中午，它的哭声停止了。它在白猫的身边静静地不动了。

猫再也没有起死回生过。他没有一百万零一次的生命了。最后一幅图真美啊！画面上既没有虎斑猫，也没有白猫，也没有它们的孩子们，

NO.3 涂写生命底色

一个拉到很远以外的镜头里，一个小小的院落就那样安静地躺着，四周野草丛生，那是他们曾经幸福地生活过的地方。安宁、祥和布满院落。

只有爱，才能给人以真正的安宁。

因为爱，生命才能前所未有地可贵和高尚。

一个人，如果没有成为自己，活 100 万次有什么用？

一个人，如果只爱自己，活 100 万次有什么用？

一个人，如果没有和自己爱的人生活在一起，活 100 万次又有什么用？

著名儿童文学家梅子涵这样评价："把这样的故事写给孩子们阅读，孩子们是不会体会到成年人的深度的。可是让童年就能微微触摸久远之后的感情和哲学，不求甚解地有一些印象和记忆，这对他们生命的理会和诗意也是久远的点拨，久远的养育。是一个很可能陪伴到久远之后的童话。站在了文学题目共同的地图之前的人类的儿童文学，是这么地大气蔚然，使原本为着儿童的文学，不分年纪地为着所有的人了。"我，深有同感！

······

猫再也没有起死回生过。

文/金 静

守望也是一种幸福

图画书是最适合亲子一起阅读的，你只有细细地观察，才能发现很多隐藏在文字外的东西。

春节是中国人心目中最重要的节日，也是游子回家团聚的日子，给长年奔波在外的人充足回家的理由。由作家余丽琼和画家朱成梁联手完成的图画书《团圆》，讲述了一个长年在外盖房子的爸爸，他每年只有在过年的时候才可以回家与家人团聚，而女儿因为爸爸长年在外，连爸爸的样子也记不清了，从一开始见到爸爸的胆怯，到爸爸理完发又变回了原来的样子，父女的亲密关系马上就体现出来了，随后，女儿吃到的过年汤圆里的硬币成了整个故事的核心。

故事围绕着这个好运硬币开始了。虽然家庭条件不富裕，女儿在遇到向她炫耀大红包的朋友时，自豪地向他出示了好运硬币，虽然红包意味着可以买很多吃的和玩的，可是好运硬币对她有不一样的意义。在后来跟朋友们一起玩耍的时候，好运硬币不小心弄丢了，女儿大哭了起来。这是爸爸在家待的最后一个晚上，在短暂的团圆过后，爸爸又要去外面打工了，爸爸很想女儿可以开心快乐，要再给她一枚硬币，可是女儿不要，难道快乐就这样失去了，爸爸要带着遗憾再出门拼搏吗？就在这时，故事急转而下，原来硬币没有丢，只是放在口袋里一时没有摸到，找到了失而复得的硬币，女儿带着笑容满足地睡着了。

091

第二天一早爸爸就要走了，女儿把好运硬币塞到了爸爸的手心里："这个给你，下次回来，我们还把他包在汤圆里喔。"这里寄托了女儿对爸爸的爱，在最后一张图片中，妈妈带着女儿送爸爸，女儿的心里是带着希望的，她在守望着爸爸，期待着他的下次回来。

　　在书的封面上是一家三口相依着睡觉的画面，多么温馨的场景啊，这对于很多孩子来说可能很平常，可对于故事中的女儿来说，这是多么珍贵的一天啊。现实中有很多这样的例子，打工父母为了生计不得不外出拼搏，放弃与家人的时刻相守，只有在过节的时候才可以享受这种天伦之乐，给自己的子女一点贴近关心与爱护。如何安慰留守儿童的心灵？或许这本《团圆》能帮助这些孩子找寻到一些幸福的守望。

我远远地看着他，不肯走近。
爸爸走过来，一把抱起我，用胡子扎我的脸。
"妈妈——"我吓得大哭起来。
"看我给你买了什么？"爸爸放下我掏出他的大皮箱——
哦，好漂亮的帽子！
妈妈也换上了爸爸买的新棉袄。

《团圆》
作　者：余丽琼　文
　　　／朱成梁　图
出版社：明天出版社
出版年：2008 年
定　价：32.80 元

感动童年的阅读

文／华万英

獾，谢谢你

　　鼹鼠爬上他最后一次看到獾的山坡，轻轻地说："獾，谢谢你。"在鼹鼠的呼唤声中，今天的"种子乐读"《獾的礼物》也接近了尾声。但孩子们还静静地沉浸在故事中：獾是一个让人信赖的朋友，他总是乐于助人。他已经很老了，老到几乎无所不知，老到知道自己快要死了。这天晚上，他对月亮说了声晚安，拉上窗帘。他慢慢地走进地下的洞穴，那里有炉火。吃完晚饭，他写了一封信，然后就坐在摇椅上睡着了。他梦见自己在跑，前面是一条长长的隧道。他愈跑愈快，最后觉得自己的脚离开了地面，觉得自由了，不再需要身体了。第二天，狐狸给大家念了獾留下来的信："我到长长的隧道的另一头去了，再见！"下雪了，雪盖住了大地，但盖不住大家的悲伤。春天渐渐临近，动物们开始串门，大家又聊起了獾还活着的日子。鼹鼠告诉大家獾是怎样教他剪纸的，青蛙告诉大家他是怎样跟獾学溜冰的，狐狸想起了獾教他系领带……这些技艺，都是獾留给他们的礼物，这些礼物让他们互相帮助。最后的雪融化了，融化了他们的悲伤。在一个温暖的春日，鼹鼠爬上他最后一次看到獾的山坡，他要谢谢獾给他们的礼物。他轻轻地说："獾，谢谢你。"

　　故事读到这里，孩子们都静静地、紧紧依偎在妈妈怀里，感动着，温暖着！原来这不仅仅是一个悲伤的故事，而且还是一个温暖的故事。这时轩轩小朋友带着哭音的小小声音打破了沉静："獾死了，是吗？"

我回答她说："是的，但獾会活在每个人的心里的！獾教会了大家很多东西，大家会记住他的。"冯俊杰小朋友迫不及待地说"是啊，大家只要一用到这些本领就会想到獾。"这时我不失时机地抛出问题："那你们现在知道獾的礼物是什么吗？他在你们心目中是怎样的呢？"

孩子们思维活跃。"是对大家的爱。""是对大家的帮助。""是对大家的关心。""獾的知识很多，还常常帮助他的朋友。""我感觉獾虽然很老了，但它还是去尽量地帮助小动物，小动物不懂的问题都找獾帮助解决。""獾很聪明、爱帮助别人。""獾带给大家快乐，他现在不在了，大家也应该快乐。""獾应该也会很快乐，因为大家都很想念他。"……这些言语出自孩子们之口，我真的不敢相信。

獾让孩子们明白，爱的力量是多么的伟大！让孩子们明白助人是快乐之本，帮助别人是一件很快乐的事情！孩子们真切地体会到了其实离去的人希望活着的人快乐地活下去，这才是对他们最好的报答。

"谢谢你，獾！"

江阴市图书馆绘本馆"种子乐读"活动

感动童年的阅读

文/陈 蓉

温暖告别

在成长的过程中，孩子总会不断地"离开"，离开玩过的玩具，离开看过的图书。当然，他还会因为搬家、转学，离开曾经住过的屋子和儿时的伙伴。那些熟悉的人和环境对成人来讲，或许很快会被新出现的一切所替代，但儿童的心理与我们不同，他们更容易停留在过去的美好里，不单纯是留恋不舍和情感丰富，是因为越熟悉，越使他们有成长的安全感和对未来的期望。因此有时，我们需要和孩子一起，以过渡和温情的方式和熟悉的事物说再见。

比如举行一个告别仪式，就像《房子，再见》绘本里展现的那样。小小熊一家要搬家了，就在货车载满着家具离开老房子的时候，小小熊跑回屋里，它在餐厅、厨房、客厅、浴室，家里的每个角落去找东西。但是空空的房子什么也没有找到，它叹息着所有的东西通通不见了。这时，熊爸爸、熊妈妈站到它身后，大家共同回忆起从前的家具摆设和装饰。回忆中，屋子好像一瞬间复活了，充满生机，但一瞬间，又全都消失了……

失落又重新落满小小熊心头时，善解小小熊心意的熊爸爸，突然有了一个主意。他说："来吧，我们来说再见。"温馨的画面里，爸爸紧紧抱起小小熊，父子俩走到屋子里的每一个房间，怀着真诚的心意，

NO.3 涂写生命底色

和餐厅说再见，和楼梯说再见，和卧室走廊说再见，和天花板墙壁说再见，和地下室小阁楼说再见。他们和空房子里的每一块砖、每一扇门、每一棵草说再见。然后，锁上门，和整栋房子说再见。

一本故事情节和画面都很简单干净的绘本，没有多少文字和内容，场景在空空的墙角、空空的地板、空空的各个角落里转换，主题是"再见"。但书要告诉我们，不能小看这从头到尾的重复式再见，它成了离开时的仪式，也是告别过去、接受未来的成长力量。这是小小熊最初的"告别"。爸爸和妈妈回应它，与它共鸣，帮助它一起完成了这个告别仪式。离开的货车没有增加物品，但比先前重了，重了些不会忘记的温暖回忆，和爸爸给予小小熊的关爱理解，都装载在这个童年的离别里，让它难忘，并给人以鼓舞。

试问，现实生活里，我们曾经这么抱起孩子，耐心地和他一起，共同告别属于他们特有的生活吗？当我们抱起孩子和温暖他童年的玩具、房子和事物说再见，你会觉得实在有些傻、幼稚甚至没必要，离开就离开了，扔掉就扔掉了，转身就转身了。有些眼泪在他眼眶里打转，有些不舍在他心头盘旋，还有些他无法表达的莫名情绪，其实都期待你给予安慰和耐心。

记得女儿七岁时，我们搬离老房子。她最舍不下的是一张蓝色的上下铺床，她总是爬上爬下，给童年生活带来很多乐趣。她曾经一再要求要带到新房子里，因为不合适不方便，无法把这张床带去，她为此很难过。就在离开的时候，我和她一起告别了小床，并期望小床留在屋子里，有新的小主人好好照顾它。在搬离后的日子里，我还带她专门经过老房子，在楼下张望窗边的小床，安慰和成全她心里的留恋

和爱，更鼓励她学会勇敢地去面对长大的过程中的失去。

　　不要说孩子的关注和珍爱只是闹着玩，也不要随意指责他们行为和想法的无意义，也许他郑重留意的，就是你无意遗忘的动人细节。住过的老房子里有一家人共同生活的痕迹，有彼此的喜怒哀乐，也有养育扶助和爱的故事，更有孩子童年的欢乐，这些见证过爱的每一个事物里，因为伴随成长而具有生命力，值得珍惜和怀念。你帮助并指引他／她共同完成这个心愿，就是在理解他们纯净的内心。

　　告别不是为了打破原有的美好记忆，而是保存与孩子童年有关的一切心情，把它们珍藏起来，并积极重建起他们每一个新的成长起点。这点点滴滴的温情获得，将化为孩子成长里的正能量，始终滋润自己、家人和变化着的生活。

　　生活的路上，我们和孩子一起，学会温暖地告别。

《房子，再见》

作　者：（美）法兰克·艾许
译　者：高明美
出版社：明天出版社
出版年：2010 年
定　价：31.80 元

NO.3 涂写生命底色

玫瑰静悄悄地开了

文／殷倩珠

曾几何时，"小人书"是我们童年记忆中一道最温馨、快乐的风景。而如今，绘本正以其独有的简洁精妙的语言文字和优美精致的画面悄悄地走来，令现在的孩子对其爱不释手。

让"声色"点亮纯净的双眸

绘本有其独特的魅力。

一是因为绘本"有色"。无论是文字还是插图，绘本都给人带来最强烈最震撼的视觉冲击力。世界知名插画家倾情加盟，技巧是那么娴熟流畅，素描、版画、油画、水彩、拼贴等多种形式加上线条、色彩的组合与变化营造并推进了故事情节，这些都能给小朋友带来视觉和心灵的感动，让他们在阅读过程中，享受文学，也初步触摸美学。翻开《让路给小鸭子》，那栩栩如生的画面会一下吸引人的眼球；打开《小房子》，那独具特色的排版让人眼前一亮；读《月亮，晚安》，那色彩的魔力一下抓住了我们的目光……

二是因为绘本更"有声"。它纯净而迷人，简单却经典。或许没有文字，却能告诉你发人深省的哲理；或许薄薄几页，却承载着不同的欢乐与泪水；或许寥寥数笔，却勾勒着你不为人知的内心世界；或

许只是一片空白，却能牵动你心底最温暖的那根弦。我和孩子就曾经三读《我爸爸》，第一次读，读出了"笑"果，第二次读，品味了语言，第三次读，读出了伟大深刻的"父子"之爱……每一遍，都津津有味！

记得我们家孩子第一次读绘本，就被它独具魅力的"声色"所深深吸引。当我问他："还想继续往下看吗？"他响亮而激动地回答："想！"看着他因兴奋涨红的小脸，因渴求而期待的眼神，我知道他爱上了它。对于一个刚上幼儿园的孩子来说，集中注意力满三十分钟简直是天方夜谭，可读绘本的时候，他出奇地有耐心，注意力能坚持很久。

儿童阅读推广者梅子涵教授说："图画书决不是我们想象的那么容易，只要呼吸几次就能读完的书。图画书，优秀的图画书，实实在在都是有高度的。"而这高度，正是它耐人寻味的地方。

让观察叩开微启的心门

罗丹说过："生活中不是缺少美，而是缺少发现美的眼睛。"可我们的孩子总是容易忽视生活中重要的东西。所以，当你期望他表达时，他总是"羞答答的玫瑰"不肯开。

其实，读绘本的时候我发现：图画也会说话，画里还藏着话呢！为什么不铺设一定的台阶，激发孩子表达的欲望呢？于是，读《喜欢帽子的小猪》时，我先引导孩子细心观察："小宝，鳄鱼是不是喜欢上了小猪的帽子啊？"孩子在一番观察之后忙争辩："不是的不是的，鳄鱼张大嘴巴，流着这么长的口水呢，他会想：你不是想把我的帽子当午餐，其实是想把我当午餐吧！啊……太恐怖了！如果回家再拿一顶的话来不及了呀！可是我太喜欢我的帽子了，这样吧，我就以闪电的速度从鳄鱼嘴里抢出来就溜走。"看着他在为自己的发现而据理力

争的时候，我也由衷地欣慰：小嘴终于肯开啦。

我想，长此以往地亲近绘本，走近绘本，孩子读书时关注细节的能力会得到提升，也会有话好说，会说"好"话。这正如古人说的"观千剑而后识器，操千曲而后晓声"。

让想象张开飞翔的翅膀

爱因斯坦说过："想象力比知识更重要，因知识是有限的，而想象力概括着世界上的一切，推动着进步，而且是知识进化的源泉。"和孩子一起读绘本的时候，我总喜欢读完几张画面停一停，吊一吊孩子的胃口，鼓励他插上想象的翅膀，用自己的语言说一说。

如欣赏《我妈妈》的图画时，我随机一问："妈妈的眼睛像什么？"换来孩子的一句："妈妈，你的眼睛黑黑的，像黑珍珠哦！"着实让人臭美了一阵；读《你很快就会长高》时，我问他："阿力变成了巨人，那巨人到底有多高呢？"他小眼睛眨巴眨巴，告诉我："和高楼大厦一样高，白云啊没他高，他和飞机一样高，他和蓝天一样高，他高得都把天给戳破啦！"让人忍俊不禁。

有时候一幅图画后就有一个故事，如在欣赏完《麦田群鸦》的一幅图画后，我就曾大胆地尝试让孩子进行自由的想象创编故事，小家伙是这样讲述的：一阵风吹来，把乌鸦整齐的队伍吹得乱七八糟。领头的乌鸦叫喊着："大家坚持住，不要慌，快去啄风，把风啄跑。"可是乌鸦啄啊啄不到，乌鸦就想：这个风怎么这么难对付呀！我还是用翅膀把风扇跑吧！扇呀扇呀还是没有用……领头乌鸦说："你们躲到我身后。"最后一只小乌鸦看见哥哥姐姐都躲好了，想乘机出去玩。可是被风吹到了树下，领头的乌鸦就来救小乌鸦，它冲到小乌鸦跟前，

感动童年的阅读

把小乌鸦的伤口包好了。小乌鸦再也不敢乱行动了！虽然"啄风、扇风"的情节很幼稚，但充满想象的童心就是纯真得可爱，敢于迈出第一步的勇气更可嘉。

让语言披上七彩的外衣

著名儿童诗诗人金波先生说过："童真与童诗有着天然的机缘。"孩子的语言是最富童真的，真即是美，读完绘本，家长和老师不妨鼓励让孩子试着也来讲一讲上面的故事，无论是简单的复述，还是内化为自己的文字，都是对语言最自然最宽松的训练。

一次，睡前我和孩子一起读《小弟和大象哥哥》，我绘声绘色地讲完一遍，他还不罢休，强烈要求我再讲一个。说实话，当时我的嗓子已经快冒烟了，于是，我灵机一动，何不把"球"踢回去呢？既可以暂缓一缓嗓子，又可以检验孩子接收信息的能力，并培养自我表达的能力。"你把这个故事给妈妈讲一遍，讲得好妈妈就再奖励一个别的故事。"儿子爽快地答应了，没想到，他的语言还是蛮有趣的呢："鼠小弟使出了吃奶的力气，推啊推啊，推啊推不动。""他又使出九牛二虎的力气，石头一动不动，纹丝不动。""可是大象哥哥的大便好大啊，臭烘烘的，快把人给臭晕了！""鼠小妹看见鼠小弟这么温柔，这么善良，好吧，我喜欢你吧！"

又如，读《树真好》时，欣赏到满眼绿树成荫，我和孩子一起即兴编了个小诗，他还能一边说一边表演呢，真的是越来越活泼大方了。

"妈妈想要变成一棵树——"

"那我就变成一只小鸟，在上面做窝。"

"妈妈想要变成一条小河——"

“我就变成一条小鱼，在里面游啊游啊。”

“妈妈想要变成一片蓝天——”

“我就变成一朵白云，在天空里美美地睡觉。”

“妈妈想变成一个草原——”

“我就变成一棵小草，在妈妈怀抱里睡觉。”

“你怎么一天到晚睡觉啊，换一个，妈妈想变成一个草原——”

“我就变成一朵小花，在草原上微笑。”

　　古人说：读万卷书，行万里路。潜心读绘本，带给人意想不到的惊喜。我发现：孩子在悄悄地变化，他勤观察、善想象、爱表达，乐于与人交往了。感谢绘本，那养眼的画面，养心的内涵，犹如春风，吹开了孩子内心的真善美之花；犹如春雨，滋润着孩子干涸的心灵。

　　下一步，我将和孩子继续尝试画绘本、编绘本、演绘本，期待给孩子一颗饱满柔润的阅读启蒙种子，它能在孩子的心里生根、发芽、长叶、开花……

感动童年的阅读

涂写生命底色

文／丁红

日月赋予天地冷暖，星星带给世界闪烁；风儿带来了希望，雨滴敲醒了睡梦；花儿吐露着芬芳，燕儿舞动出旋律。孩子在成长，眨眼之间，他已然会问我：太阳晚上去哪啦，气球为什么会飞啊，小鱼怎么生活在水里呢……我意识到孩子的想象力是如此丰富，千万别低估了他们的领悟力！五年来，我见证了孩子成长的每一天，而绘本故事也已伴随我们两年。从种种优秀的故事中，我感受到了生命的意识和张力，我想让这些充满着自然气息和人文内涵的绘本故事打动孩子，为他涂上生命的底色。

我和杨杨在绘本馆一起读了好多有意思的书，而其中最让我难忘的是《一条大鱼向东游》。这本书是中国本土出版的，文字作者是享有盛誉的曹文轩先生。苏教版高中语文必修教材中收录了他的一篇摄影散文《前方》，而他的儿童文学类作品也早已畅销海内外。他的文字细腻，语言优雅，思想深刻，见解独到，可谓文质兼美。这本书也不例外，它向我们吐露了一根桥桩的秘密。

这是一根被人遗忘的桥桩，它被留在了大河的中央，每天只有流水从身边流过，流水的脚步是那么匆忙，来不及跟桥桩握握手。这唯一的桥桩在等待它的同伴的到来，直等到身上长出了新的树叶，它还

是孤零零的独自一个。虽然其间有一只鹭鸶停歇在它身上，有一个老渔翁把缆绳系在它身上，但是它还是它，还是孤孤单单。直到有个小孩子出现，它似乎等到了伙伴，拥有了朋友，虽然这个放羊的孩子只是把桥桩当成了扔石子的靶子，石子一下一下砸过去，砸得它伤痕累累。可是桥桩忘却了疼痛，它沉浸于有人陪伴、被人需要的幸福感里。后来，一场洪水把村庄冲毁，幸运的是桥桩救了孩子，借着浪花把他送到了浅滩上。孩子站在滩上，他看到许多的木头顺流而下，而他分不出哪根是救他的桥桩，孩子忽然觉得那些在水中浮浮沉沉的木头像一条条大鱼游向远方……这个故事的内涵太丰富了：责任，等待，孤独，自由。曹文轩用诗化语言把对生命的理解借一个具体的形象表达出来，让人获得了美感。

这本绘本不但文字充满质感，配画也是别具一格。画面充分吸收了中国水墨画的特点，借助浓淡的色彩渐变渲染出如梦幻般的世界。用色大胆，每一种色彩都很饱满，给人惊艳的视觉冲击，好像再多加一点点就会饱和得喷涌出生命的华彩。人物造型夸张而不失童趣，抽象亦凝注神韵。画和文字巧妙地结合在一起，相得益彰，画者龚燕翎用画笔奏出了一幅生命的华章。

我坚信如果孩子们能接触这种优秀的绘本，就算他们暂时不得要领，但只要有一点点的触动，哪怕只是留下一点印象，这些点点滴滴的感受最终都会汇聚成一条河流，流向天边，化成云彩，变幻出各种各样的美丽。

绘本，因为有了孩子才与你结缘；绘本，因为与你亲近才获得了感动。绘本，因为付出才分享到真爱；绘本，因为有爱才彻悟生命的意义。

佛曰：揭谛揭谛，波罗揭谛，波罗僧揭谛，菩提萨婆诃。孩子的成长离不开许许多多的渡，是母亲把孩子带到这个世界，那么也请在孩子独自征程前给予他／她真的道理，善的心性、美的感受。为他们涂上生命的底色吧！

《一条大鱼向东游》

作　者：曹文轩
出版社：明天出版社
出版年：2010 年
定　价：32.80 元

文／张　蓉

牵起等待

　　题记：生命中最为感动的事情并不是拥有了什么，而是在追求这个"拥有"的过程中我们所经历着的"等待"。那是一种敬仰的情怀。我们有时无法延伸生命的长度，但我们可以无极限地去拓宽我们生命的宽度，那份深情的生命质感才是我们最值得的"拥有"！

　　红色，代表着热情，甜蜜和快乐。在生命的旅程中，我们一直在追寻着属于我们的甜蜜和快乐，这种无法用言语来表达的期待和渴望，溢满着我们这一生。

这是意大利的大卫德·卡利在《我等待……》一书里告诉我们的。

等待是一种别样的美，就像那白雪覆压下的细细杨柳露出的一抹青绿，虽仍深沉，却生机涌动，让我们以此感谢生命的存在。

等待长大的孩子，那是一种用心又用力的自我期待。

等待临睡前的亲吻，那是一种对爱和关注的甜蜜渴望。

等待妈妈的蛋糕早早出炉，等待雨快点儿停，等待圣诞节来临，那是一种对快乐和幸福满心的崇拜和追求。

等待也是一种人生的行程标，那局促不安的童年，那懵懂意气的年轻冲动，真实、耀眼地流连在生命里，让我们感受生命的无限韵味。

等待爱情，等待街头的重逢，等待电影的开场，等待分离的结束，等待那一句"我愿意"……

这是一种怎样的满足和深深的纠结啊？痛并快乐着，缠绵着，幸福着……

等待又是一种真实平淡之中的相亲相爱，执子之手，与子偕老。相濡以沫中有了更多生命的语言。感谢这样的等待是我们共有的，让我们可以聆听到生命的魅力。

等待自己的宝宝。等待孩子的长大。等待快乐的假期。等待痛苦的结束。等待下一个春天的来临。等待孩子们回来看我。等待孩子的孩子即将出世……

这是一种如此华美和跃动着的生命旋律！期待和渴望是对爱最好的诠释。

　　赛吉·布罗什用看上去略嫌粗简的纯黑单线条勾勒出一个个简洁、形象的人物，却用那鲜红夺目的粗线条拉出了生命的脉动。或直或曲，或粗或细，或润或涩，这是一种怎样的生命旅程啊！

　　童年的不安和翘首的盼望终于可以在这样的图书中得到释放。一本书，一种向往，一种生命的感动和满足。

　　在那终线处是满满一捆缠绕整齐而线头正向外延伸的红线团。新一轮的期待和渴望即将拉开生命这根红线……

《我等待》

作者：大卫德·卡利　文
　　　/塞吉·布罗什　图

译　者：谢蓓（译者）
出版社：接力出版社
出版年：2009 年
定　价：19.80 元

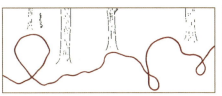

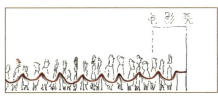

NO.3 涂写生命底色

《爷爷一定有办法》

作　者：菲比·吉尔曼

译　者：宋珮

出版社：少年儿童出版社

出版年：2005 年

定　价：28.80 元

文／李亚芳

追着爱跑

　　第一次听说绘本，是 2006 年，我深深地被它们的名字所吸引——《蚯蚓的日记》、《子儿吐吐》、《爷爷一定有办法》……那么富有创意、富有童趣的名字，我一下子想到了我 4 岁的女儿，与绘本虽未谋面，却已由衷地喜欢。第一次网上购物——15 册装帧精美的绘本。

　　把女儿抱在怀里，我们一起徜徉在绘本爱的世界里：

　　从前有一只小兔子，他很想要离家出走。有一天，他对妈妈说："我要跑走啦！""如果你跑走了，"妈妈说，"我就去追你，因为你是我的小宝贝呀！"

　　那一只可爱的逃家小兔就是妈妈的小宝贝呀，妈妈追你在小溪里，追你在高山上，追你在花园里，追你在大海上……把那爱也追得远远的，直到追回到妈妈的怀抱里。（《逃家小兔》）

感动童年的阅读

驴小弟就是爸爸、妈妈的小宝贝啊，驴小弟变石头了，爸爸、妈妈看不见驴小弟了，多么着急、多伤心啊！驴小弟也爱自己的爸爸、妈妈，驴小弟变石头了，也看不见爸爸、妈妈了，多么着急、多么伤心啊！

只有爸爸、妈妈最了解自己的小宝贝，在来年的春天为他捡起了神奇的小石子，驴小弟苏醒了，他最大的愿望就是重新变回真正的驴小弟，变回爸爸、妈妈的小宝贝。驴小弟和爸爸、妈妈重逢了，看哪！他们又是亲又是抱，问了又问，答了又答，还有怜爱的眼光和欢喜的感叹！

他们把神奇的小石子锁进了保险箱里，因为爱比什么都重要。(《驴小弟变石头》)

小栗色兔子就是妈妈的小宝贝呀，小宝贝对妈妈的爱有张开的双手、高举的手臂、倒立到脚趾头、蹦跳的高度那么多，但不管多多，都比不上妈妈对小宝贝的爱那么多！小宝贝对妈妈的爱有到小河、到夜空那么远，但不管多远，都比不上妈妈对小宝贝的爱那么远，妈妈的爱陪伴在小宝贝的身边，直到永远！ (《猜猜我有多爱你》)

……

绘本中的爱充满了童真、童趣，温馨而又浪漫！

感谢绘本，让我们生活在爱的世界里。

文／李磊

献给外公的朗读

女儿是个小书虫，会了汉语拼音后，就自主阅读起获得国际大奖的儿童读物，她坚持着、痴迷着。当我第一次和她共读起那本绘本——《鼹鼠姐妹》后，我俩就约定每个周末的傍晚，窝在一起母女共读。

记得信谊全套绘本捧回家的日子是 2006 年的 11 月，那时女儿上小学三年级，我俩的共读计划才执行了一个月。那个周末，我早早点亮了床头灯，斜靠在床头柔软的靠垫上，从一堆信谊绘本里随意抽出一本，《獾的礼物》映入眼前。淡蓝色阴郁的天空下，一位架着眼镜、一身绅士穿着的獾坐在一棵大树墩上，他和蔼地面对着排队等候的小动物们，小动物们一个个安静地等待着，队伍一直延伸到看不见的树林深处。"是在等待什么样的礼物？"心里正疑惑着，女儿已凑到了身边。我深情地开始朗读，随着一页一页地翻页，獾的形象烙印我心，獾是一个让人依靠和信赖的朋友，总是乐于帮助大家，在他垂暮之时却能坦然面对生死，小动物们在悲伤中回忆着獾的一切，在回忆中，思念、给予、爱，全得以流露出来。原来獾跟大家共度了那么多美好的日子，大家是多么珍惜着彼此共度的甜美时光。鼹鼠轻轻地说着的那句"谢谢你，獾！"

读到最后，我泪如泉涌，女儿湿润着眼眶对我说："妈妈，外公

感动童年的阅读

就像那只獾！"听着女儿这句话，我的心头一漾，刚逝去的父亲真的像极了这只獾，父亲半年前的突然离世未曾让我悲伤，我还一直苦苦追问自己是否是情感出现了偏差，原来是父亲给予了我太多太多的离别礼物，让我平静地接受他的死亡，回忆起他时，内心充满的则是温暖和感动。

那年圣诞的第二天，是父亲的生日，阴阳两隔的庆生聚会定在了父亲的墓地，女儿一早悄悄地离开家门，当我急着找寻时，她拎着小篮子回到了家，篮子里铺着块真丝手绢。我知道，每当有重要的家事活动，她总爱带着那只心爱的绿色藤编小篮子，可我猜不透真丝手绢下会是什么。"妈妈，能给我选枚胸针吗？我还要带上《獾的礼物》去见外公！"我愣了一下，找出了枚漂亮的小胸针递给了她。更让我诧异的，是女儿居然找出那件她从来不愿意穿的黑色呢制大衣穿在了身上，还郑重地将胸针别在了胸前。一路上，她一只手臂夹着《獾的礼物》，另一只手提着篮子。亲人们都惊讶地向女儿问这问那，可她就是不语，我默默地看着，猜想着。

在墓地，亲人们围在一起，面对着父亲的墓碑寒暄问候，快要结束时女儿盯着我问："妈妈，我可以开始了吗？"我点点头。只见她背对着墓碑，侧着身子翻开书页，将《獾的礼物》大大的跨页对着父亲的铭文，开始一页一页投入地朗读。大家被女儿深情地朗读声吸引着，朗读结束，女儿回过身说道"献给外公"！接着，她掀开了小篮子里的真丝手绢，是厚厚的一层层粉色的、嫩黄的小花瓣，她将这些花瓣一点点散在父亲的墓前。

回家的路上，女儿对大家说："外公就像那只獾，他没听过《獾

111

的礼物》这个故事，但他怎么就那么像獾？今天我读给他听，就想像
小动物们那样，谢谢他，他给我的这块真丝手绢我一直珍藏着。"

　　谢谢你，獾！绘本中的你，让我和女儿平静地接受现实生活中的
离别，坦然面对生死，带着爱前行。

《獾的礼物》

作　者：苏珊·华莱
译　者：杨玲玲 / 彭懿
出版社：少年儿童出版社
出版年：2006 年
定　价：31.80 元

感动童年的阅读

文／金　静

一场逃离的游戏

　　看过《逃家小兔》图画书的人都知道，这是一个小兔子和妈妈玩语言捉迷藏的简单故事。小兔子对妈妈说："我要跑走啦！""如果你跑走了，"妈妈说，"我就去追你，因为你是我的小宝贝呀！"一场爱的捉迷藏就此展开。小兔子上天入地，可不管它扮成小河里的一条鱼，还是花园里的一朵花，身后紧追不舍的妈妈总是能够找到它。最后，小兔子逃累了，说："我不再逃了。"妈妈喂了它一根象征爱的胡萝卜。

　　如果父母只是听到这个故事，可能只会觉得有趣。但打开这本溢满温馨的书后，文字和图画，为人父母者定会被兔妈妈浓浓的母爱所折服。它诠释出：在人生的旅途上，唯有母爱是不需要回报的，是义无反顾的关心，是会相伴永远的温情。

　　文中，小兔和妈妈一直变来变去，她们是在捉迷藏么？是呀，小兔子是在和妈妈玩一场爱的历险的捉迷藏游戏，是在妈妈奋不顾身的追随中享受着逃离的快乐。我试着追问："小兔在逃跑，怎么会快乐呢？"孩子马上回答："因为有妈妈呀，妈妈会保护宝宝的。"是的，就像我们自己小的时候，也会和妈妈一起玩捉迷藏，躲起来后，总是会很不放心地加上一句："妈妈，我藏好了，你快来找我呀！"你看，有妈妈相伴的逃离，孩子是快乐放心的了。

113

一段时间后，再次陪孩子看这本书，又发现文中兔子的变化是随心所欲的，可兔妈妈的变化则是有的放矢的。比如当小兔子变成河里的一条小鳟鱼时，兔妈妈则成了穿着黑色长靴，身背鱼篓的捕鱼人，而鱼钩上挂着的是一根鲜红的胡萝卜、当小兔子变成空中飞人时，兔妈妈全然不顾危险，穿着非常隆重的表演服走钢索，只是为了让孩子不受到伤害，期望在半空中遇到小兔，可以保护她……这些细节都在向读者传达：孩子的天性使他们喜欢逃离的游戏，母爱不是阻止和指责，她小心翼翼地保护着孩子的游戏精神，又以温暖包容的精神任他／她去玩耍，又给他／她足够的心理安全空间。在充满快乐而安全的游戏里成长，孩子将会得到足够的爱的滋养。

现实里，孩子总想快点长大，想远走高飞，他／她会反抗我们，会去冒险。而妈妈呢，从孩子出生那天起，她们就时刻准备着去为孩子义无反顾，去完成母爱。陪孩子一起阅读《逃家小兔》，不断成长变化，也是一次爱的旅程。世界在循环变化，妈妈跟孩子之间的爱也在追与被追中。作者间接地教给我们如何做一个有智慧的妈妈，孩子的顺从与听话，不是靠打骂来养成的，而是靠妈妈用智慧来养育的。

《逃家小兔》插图

感动童年的阅读

文／陈俞英

当你的头发在阳光下闪烁银光

孩子，有一天，你的头发会在阳光下闪烁银光。那时，我的爱，你会记得吗？

你会和我一样，在某一个特定的场景和时刻，追忆你的孩子成长的历程，畅想她的未来，抒表你以前、现在、往后对她的爱么？

经常想象着这么一幅图：阳光和煦，轻风送暖，我伫立在杨柳轻拂的湖畔，远远地目送我长大的女儿背负行囊离家去求学，或者牵着爱人的手渐行渐远……

相信每个女儿的母亲心中都藏有这样一幅以她为主人公的画。

感谢作家艾莉森·麦基，感谢画家彼德·雷诺兹，让绘本《有一天（Someday）》替母亲们表白，让母亲们感怀。纯白的背景，简单的勾勒，渲淡的色调，涂鸦的画图，浓浓的、悠悠的文字，顺意行走的手写体……缓缓地走来，却一下抓住你心扉，拉近了，更清晰了。

自小精灵在体内孕育的那一天起，你可以正式向世界宣告：我的名字叫"母亲"！更为幸运的是，那精灵竟同自己一样，是个小小女生，将来长大了也是要为人母的，于是脉脉的温情便愈发地由内而生。

距离是那么贴近，一颗心伴着另一颗心；始终是那么永久，一颗

115

心追随另一颗心。心的灵动，有时却不易捕捉。

她渐渐长大，过去的那一天天，无论被轻拥入怀，还是被高高举起；无论过马路时大手和小手紧紧相扣，还是她能骑车单飞；无论是陪她入梦，还是闲来畅想……都是一个母亲对她亲爱的女儿血脉相亲、至真至纯、与之天然的情爱。

翻看绘本，说是畅想，倒不如说是母亲自己记事以来的镜头回放：跃入湖水、独入密林，那样的清凉，让人紧张满怀；发现某个秘密时的喜悦，激动而飞快地奔跑，狂热地在秋千架上超越；还有忧伤时埋头苦痛，放纵的歌声随风而逝，离别的平静，回家的感慨……

孩子，直到有一天，你也会感受到坚强的脊背上负担着的小小重量，我会看到你给你的孩子梳头。

有一天，很久很久的以后，你的头发也会在阳光下闪烁银光。当那天到来的时候，我的爱，你会记起我。

感谢安妮宝贝，译出如此单纯、温柔的文字，阐述简单而深刻的道理，来给女孩儿们读，也给我们广大的母亲读。

短短数百字，诗歌般的语句，既饱含关切，却又不无感伤，仿佛是一位母亲在喃喃自语。轻柔舒畅的节奏中，流淌着最浓厚、最真挚的感情。那一天，在灯下，我读着它，又放下它，凝望着身旁正埋头画着画儿的女儿，觉得眼眶热热的；八岁的女儿看见了，也拿去读，用手指着一字一句地来读，开始笑呵呵地觉着好玩，慢慢地把书放下了，也盯着我痴痴地无声了。

它所以感人，因为它同时从孩子的视角和母亲的视角来描述。画

116

面中，我们能看到的是孩子的兴奋、忧伤、欣慰或激动；画面外，我们看不到的，是一位母亲热切注视的目光。孩子的每一种情绪、每一个成长，都深深牵动着母亲的心。即便有一天，孩子也老去了，母亲不在了，她仍旧会从天上看着她。绘本不仅仅属于孩子，也属于成人。而我觉得，《有一天（Someday）》不仅仅属于女儿，也属于母亲。

母亲的爱，就是这般千缠万绕，似无却有，如丝如缕地牵着儿女，缚着儿女，心里想着要把风筝高高放飞，明明风筝已飞得很高很远，消失在远山之处，母亲的目光却始终不忍离开，低头看，线的端头仍牢牢拽在手心。

爱，仰乎于止。爱，是放飞，是放飞后的收线。母亲的爱，使永远有美好的心境追忆儿女曾有的那每一天，使永远有美好的心境遐想孩子的"有一天"。

如果，你是一个孩子，你的身上被倾注了太多的关爱，开始是不是感觉这是一种负担呢？是不是甚至会产生厌倦呢？读了它，你将更多地理解母亲的心情，让自己少一些倔强，多一分认同吧。直到有一天，你的头发会在阳光下闪烁银光。那时，母亲的爱，你会记得吗？

《有一天》

作　者：艾莉森·麦基　文
　　　　／彼德·H·雷诺兹　图
译　者：安妮宝贝
出版社：南海出版公司
出版年：2010 年
定　价：25.00 元

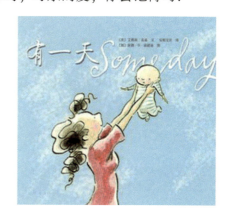

"有一天，很久很久的以后，你的头发也会在阳光下闪烁银光。

当那天到来的时候，我的爱，你会记起我。"

摘自绘本《有一天》

亲子教育现场

　　亲近孩子，亲近教育，亲近绘本，亲近阅读，彼此之间密不可分，被连成一根线条，牵在孩子手中去散步。他阅读绘本里的风景，风景里是家，是生活，是习惯，是陌生，是害怕，是发现，是已知和更多的神奇未知，每个故事都是他的好朋友。无羁绊的孩子随意漫步，四处浏览，唱唱跳跳，想想笑笑，走走停停。线条在他手中，方向在父母眼中，所到之处都是崭新的开始。

文／季海燕

绘本榜样

　　孩子脾气非常不好，我也不懂怎么教育孩子，但我知道，孩子的早教很重要，阅读也是早教的好手段。但是，我对阅读一无所知，怎么让孩子阅读，读什么书呢？

　　偶然的情况改变了我。女儿幼儿园的老师非常注重孩子的早期阅读，并向我们大家推荐了一个阅读的好地方——江阴图书馆的绘本馆。我深深触动，自那以后就与孩子共同走上了阅读之路。

　　刚开始，我担心孩子太小，看不懂，听不懂。但是，后来的情况证明我的担心是多余的。刚开始读绘本，就是每天晚上睡觉前，小和尚念经般地读给她听，也没在意她是否听得懂，更没有刻意地帮她认字，反正就是照书读。后来，我发现，她喜欢上绘本了。我按照老师教导的方法，让孩子自己先看图片，并且猜猜图片上是什么意思。照葫芦画瓢地做了，发现她按照图片上讲得基本正确，我就更有信心了，同时意识到孩子的思维是和大人不一样的。就这样，一点一点地坚持下来。

　　去年，再阅读绘本，我和孩子可以按照书里的人物表演了，比如《小小人的大面包》，这个绘本我们看了又看，表演了不知多少遍，一会儿她做小小人，一会儿是我做小小人。这个故事表演完她开始明白：要想吃到一个面包，必须要付出很多的劳动。天上是不会掉下食物的，一定要劳动才能获得，所以，平时在生活里，她就不怎么浪费粮食了。

《咬人大王布奇奇》，这本绘本也非常不错，读了之后，我发现她的脾气变得好多了，不再吵闹了。因为她知道，乱发脾气是没有好朋友的，看完这本书，她还自己编了个类似的故事。

《牙齿大街的新鲜事》，这个故事阅读完之后，居然又改变了她，她能够坚持每天刷两次牙齿，养成了爱干净的好习惯。她知道，如果不刷牙的话，牙齿就会全部被蛀掉。还经常提醒我呢！

到了现在，我有时假装是小孩子，让她念故事给我听。她讲得还真不错。这次的分享阅读——《冬冬的小白兔》，她不用教也能读下来。而我无意之间发现，她在阅读的同时掌握了很多字。

近来，每到睡觉前，她都将所有的绘本放在床头，面带微笑地让我给她讲。平日里的心情也特别好，而不是哭哭泣泣，不时发脾气或大叫。我也会被她的好心情所感染。

回首这条以绘本为指明灯、为榜样的阅读之路，我心里充满感慨。我从一个不懂阅读的家长成为热爱亲子阅读的母亲，我的孩子也大大改变了以往行为习惯较差、脾气急躁、任性的性格。阅读真的很重要，特别是早期的阅读，给孩子带来的是一生受用的东西，比方说习惯的培养、人格魅力的培养、语言表达能力的培养等。如果家长只是说教肯定不见效果，而在爱上绘本阅读之后，孩子们竟然走上了自己明白道理的道路。所以，我不断地与别的家长介绍亲子阅读的好处。

感动童年的阅读

因为，绘本的力量真的很大！

　　在这里，我真的要好好感谢徐老师在我迷茫之中点燃了一束光芒，让我在踌躇中不再徘徊。也非常感谢江阴绘本馆给我们带来了许多精彩的儿童绘本，让孩子们有了一个属于自己的世界。

《小小人的大面包》

　作　者：（法）皮埃尔·德利耶　　文
　　　　／（法）塞西尔·于德里西耶　图

　译　者：梅思繁

　出版社：湖南美术出版社

　出版年：2011 年

　定　价：19.80 元

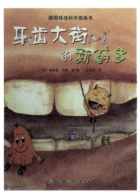

《咬人大王布奇奇》

　作　者：（美）芭芭拉·波特纳　文
　　　　／（美）佩吉·拉特曼　　图

　译　者：漆仰平

　出版社：二十一世纪出版社

　出版年：2011 年

　定　价：28.80 元

《牙齿大街的新鲜事》

　作　者：鲁斯曼·安娜

　译　者：王从兵

　出版社：北方科学技术出版社

　出版年：2009 年

　定　价：24.80 元

123

文／贡敏华

亲子表演——另一种体验

　　女儿还没出生，贴心的朋友就送了我一本《东方娃娃》的绘本《森林》。于是，《森林》中的小老鼠带领女儿开始了绘本阅读之旅。女儿刚上幼儿园，图书馆的一次儿童早期阅读讲座，让我更加明白早期阅读的重要性。自那以后，家里有了她的书架，睡前故事每天必讲。现在，女儿的小书架越来越满了。儿童绘本馆的成立，对于孩子"必须要拥有书籍"的观念也是一种转变。孩子明白，到图书馆借书可以共享更多的好书、好故事。我们也成了绘本馆的常客。

　　喜欢是最好的开始。为了让孩子们有兴趣，绘本馆在推广儿童早期阅读上花了许多心思，每周有绘本故事会，定期有亲子读演坊，还成立了种子妈妈读书会。

　　首期亲子读演坊，我们和女儿一起参加了表演。绘本是女儿自己选的：《巴比提的坏心情》。选它，还有故事呢！

　　那天，女儿找不到一样玩具，大哭特哭。我不愿意帮她找，坚持让她自己找，婆婆不忍心，耐心地帮她找起来。我在一边又气又急：分类收拾玩具是我们今年帮助她培养的习惯，春节过后，我们和她一起把玩具分了类，告诉她以后要自己分类收拾好，自己放才能自己找得到。但孩子终究还是孩子，就算讨论商量时是和她一起决定的，具体过程中，

还需要我们不断提醒她、帮助她。想想我们自己，也会有没有毅力、有惰性的时候呀，何况孩子呢？

那天晚上，女儿发完脾气以后，我们就讲了家里的绘本《巴比提的坏心情》。在我们一家准备这个绘本表演过程中，我发现，女儿对故事的熟悉、语言表达、形体动作和神态，越来越和绘本情境融合、贴切。坏心情怎么跑掉的？我想，她会有自己的体会吧！

孩子在学习，我们何尝不是在学习？有一天晚上，我情绪不太好，觉得很烦躁。女儿说要练习表演，刚开始我还在自己的情绪之中，但是随着故事情节的展开，看着女儿一蹦一跳可爱的样子，尤其是最后当女儿（小兔子）对爸爸（小老鼠）说"没关系，我们可以把坏心情永远赶走"后，给了他一个大大的拥抱时，突然，我的心里暖暖的。是啊，一家人在一起就是最大的快乐。最近在家里的排练，给我们带来了很多乐趣，女儿的表演也越来越投入了，她还是爸爸的动作指导呢。

如果说，第一次参加亲子读演坊，我们是想告诉她：相信自己，你

《巴比提的坏心情》

作　者：（英）克里斯蒂娜·巴特勒

译　者：禹田文化

出版社：中央编译出版社

出版年：2010 年

定　价：19.80 元

125

一定可以。我们是在尝试着让女儿多发挥主动性，勇敢地去实践和体验，让她明白付出了努力就会有收获。就像我常常和她说的：成功法门是多多练习。而现在，在第二次绘本表演的准备中，我已然感受到了女儿在表演上的自信和大胆，她对故事的把握和体会也让我很吃惊！

美丽的绘本，我们不仅仅可以和孩子一起阅读和分享，还可以通过和孩子一起亲子表演，加深他们对故事的理解。而我们也会从中获得从未有过的美好乐趣，这不就是最好的体验和感受吗？和孩子交流，不用我们给他们讲大道理。我们要做的，就是陪伴孩子一起学习和成长，更多地用行动来影响孩子。

随你一起想象

文／陈蓉

威力熊、无敌狐、茉莉猪、香萝羊是《是谁在门外》的主人公。

和女儿讲这故事时，我翻来覆去讲到这些名字。说实在，不拿着图画书的话，我也会搞不清这些稀奇古怪的小动物的名称，可能就是这样越拗口、越新奇的东西，越能激发孩子的好奇心，他们会觉得很有趣、很特别，只要听到这些说法，便会不由自主地哈哈乐起来。当这些很平常的小动物被赋予如此可爱、奇特甚至难以捉摸的名称时，这小动物的样子和行为就有了可以让孩子去幻想的空间，小动物的长相、举止愈加活灵活现地生动起来，在孩子的视觉和脑海里成为极具冲击力的形象。

每次讲故事，我都不是照搬着讲，而是边说边提问，让宝贝积极开动脑筋，跟着图书的思路品尝每一页的味道。往往时间都接近晚上十点了，本想二十分钟讲完手中的故事，可画面那么诱人，主人公的表情如此丰富，童话般的可人场景诱惑着我一点点地挖掘图画中不可忽略的细节，天空、大地、海洋、丛林，延伸着我和孩子的视线，并在其中注入我们共同的理解和情感。我提醒孩子关注图画中色彩的变化和画面的组成，不放过孩子的任何一个兴趣点，因此，讲故事的时间慢慢延长了，走到宝贝该睡觉的时间后面去了。

我有些焦急了，瞌睡虫也爬了出来。这时，宝贝也开始混淆了。强调了很多遍的小动物名称，在她脑海里打起架来。明明是威力熊，却搞成了威敌熊，一遍、两遍、三遍……怎么也纠正不过来。急躁的情绪占了上风，我看着手表，草草地说，今天就讲到这了，睡觉吧，太晚了。宝贝不说话，充满委屈地盯着书，转瞬，大哭起来："为什么不讲完，我要听故事！"

已是九分睡意的我被这哭声给折腾清醒了，那一刻复杂的心态起伏不止。是啊！孩子要听的是一个感兴趣的故事，我要让她得到的是听故事过程中的快乐，和快乐过后能在小小的心灵里收获到的一缕芬芳。茉莉猪对新生事物排斥，对新朋友冷漠，最终在威力熊的友好、善良和宽容中得到感化和感动，宝贝只需要在故事里明白这样的美好，就是这本书予我和予她最宝贵的价值。至于到底是威力熊还是威敌熊，重要吗？根本不重要！突然间，我为自己方才错误的引导和思考方式感到汗颜。讲一个故事，说每一句话，都是对孩子的言行举止的教育，如果我的关注点只是狭隘地停留在一个名称的准确、一个答案的标准和一句话的表达无误上，岂不是会把孩子的想象力扼杀，将她独特的

思考方式困在教条中吗？

想到这里，我充满热情地坐起，将宝贝拉到身边，继续打开图画书，再次一起倾听那让人感悟的敲门声，我知道，这敲门声敲在了孩子的脑海里，更重重地敲在了我的身上。

素描爱心树

文/陈蓉

班主任老师告诉我，八岁的女儿在班级里的讲故事活动中，选择了绘本故事《爱心树》。她说，听女儿那么有感情地讲完，在场一起听的两位老师不约而同地眼圈红了，当然，女儿也早已把小泪珠按捺不住地滴了下来。除了故事本身的感染力，让她十分诧异的是，她对《爱心树》并不陌生，却第一次在听女儿讲故事的过程中有了全新的体会，并被情节和内涵深深打动。在班主任老师激动的表达里，为女儿感动和欣慰的我，仿佛也看到了当时的情景。

被我和女儿共同喜爱的《爱心树》，是 2009 年的 3 月从蒲蒲兰绘本馆买回家的。在绘本馆看到书名时，我就一下子被吸引住了。粗略地翻阅中，黑白的绘图风格，钢笔画式的简洁线条，大量的留白，朴素的装帧，诗一样的文字，霎时激发了我和女儿一起阅读的冲动。图书侧封上"爱心树世界杰出绘本选"字样，和书名并列，让我隐约意识到这本书在众多图画书中的经典性和代表性。

初读《爱心树》，六岁的女儿似懂非懂。但她看明白了一个小男孩

感动童年的阅读

在书页缓缓的翻过下，慢慢成长为少年，成人，直至老去的一生。她也凭孩子独有的敏锐目光和观察力，用手指轻轻触摸到大树渐渐弯曲，渐渐矮去的身躯。有些字还很陌生，在我温和的声音和图画细节微妙的转换中，她看到并知道了一种变化，可惜、可叹和对大树老去的同情，浮现在脸上。而主人公男孩和大树之间一长一消的变化，变化中的关联和原因，变化里透露的淡淡忧伤，只是懵懂地在她的眼神中流淌。

但爱心树一直如同心中的小种子，虽未日日照看，但依然生根发芽。为参加班级故事会，她很快找到了书橱里那本绿意盎然的封面包裹着一曲成长、年老、奉献、索取的生命之歌的《爱心树》。连续两个晚上，我坐在床头，在柔和的台灯下，将所有的喧闹关在门外、窗外，静静地讲起了故事。她在成长的新阶段，在新的阅读中，对爱心树，对男孩和大树有了新的认识和理解。

有一个男孩曾经那么喜欢一棵高大茁壮的大树，并和它成为玩伴，他的童年因为有了大树而不再寂寞和无聊。男孩对大树的依赖和依靠，随着时光逝去，逐渐变了方式和味道。他开始索要大树身上的各种东西，目的是为了变卖后用来生存、赚钱、娶妻、生子和远行。图画书的氛围由开始的向上、快乐、有趣和温馨，不断趋向冷漠、孤寂、忧伤和黯淡。而大树在最后的时光里，依然慈爱地让已是暮年之际的老男孩坐在树桩上，挺出了快乐而干枯的躯干。女儿的眼泪再也忍不住，从眼角处渗了出来。"妈妈，小男孩太不应该了，他不该这样对待大树，大树好可怜，他太孤独了。我不想做这样的男孩。"这一刻，我同样心潮澎湃，为爱心树的伟岸，也为女儿的情感。我想女儿是看明白和听明白了，她从自我特有的心灵视线处得到了同情、感动的情感体验，也收获了如何在成长中与他人相处的触动与共鸣。

于是，她就有了此时此刻完全真实的情感和阅读经历，并把《爱心树》

用语言和表情呈现到老师和同学面前。一字一句，都能真切地表达出她对故事的反复理解。尽管还是脱不去懵懂的意味，只是浅浅地透露出一丝微小的气息，但借一本只字片言、简单朴实、数笔素描勾勒出的绘本故事，就在孩子心里留出了小园地，种上了小种子，其实已胜过所有华丽和繁复的词句教说。

《爱心树》里对成长和衰老的另一种表达，对奉献和索取这一永恒而宏观话题的微观勾画，人生哲学的命题以诗一般的语言轻声道来的寓言意味，还会如种子般不断向上发展，孩子们并不会因为年龄的幼小而感到涩味和难以咀嚼。如果说女儿不想成为小男孩般的人，那我和千千万万父母是否就该被定位为大树般无私付出的形象？如果现实生活中确实有很多还没有意识到只知索取，或习惯于索取的孩子，父母能否清醒地拒绝成为大树，从而影响并改变小男孩？"爱心树"上应该生长出不同形状的树枝和枝叶，父母和孩子的关系也应该得到更多样化、积极化的理解和发展！

我期待在她成长的岁月里，依然会不时想起并与我共同阅读这本图画书！

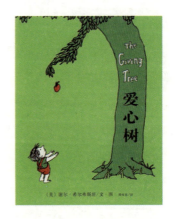

《爱心树》

作　者：谢尔·希尔弗斯坦
译　者：傅惟慈
出版社：南海出版公司
出版年：2003 年
定　价：18.00 元

感动童年的阅读

文／谈维玲

鳄鱼都刷牙了，你呢？

　　这是一个能让恐惧化成微笑的故事。对于看病、看牙，每个孩子心中都有很强的恐惧心理，《鳄鱼怕怕牙医怕怕》讲的就是一场鳄鱼与牙医之间的心理较量，它用简单、反复的语句刻画了鳄鱼和牙医每时每刻戏剧性的心理变化。他们互相惧怕，可是又因为那颗蛀牙而凑到一起。凶恶的鳄鱼只得乖乖听牙医摆弄，而红脸的牙医也只能壮着胆子上。这反差不禁让人开怀大笑，这是一种快乐的略带讽刺意味的生活教育和心理放松，在玩笑间就把看病、看牙这样的"大事"化小了，化成了笑声了！

　　这本书的封面上画着一只鳄鱼和一个牙医，封底上面画着一只鳄鱼的蛀牙和牙医家的一棵树，表明故事是发生在鳄鱼和牙医二者之间。请注意，牙医的手上拿着一支钢钻，鳄鱼的一只手护着嘴巴，二者瞪大的眼睛，流露出内心的害怕。封面上两个"怕怕"，作了变形设计，好像四只害怕的眼睛。扉页上那只鳄鱼一只手抓着藤蔓，一只手护着嘴巴，似乎在向前滑行，意思是：我的牙疼得受不了，我得去看牙医了。鳄鱼看牙医，这本身就充满了戏剧性：鳄鱼怕牙医，牙医也怕鳄鱼，所以故事一开始就很紧张。

　　这是一个诙谐幽默的故事。通过鳄鱼和牙医之间不同的恐惧让幼儿感受到了"牙疼不是病，疼起来真要命"。绘本告诉我们：鳄鱼都要坚持刷牙了，小朋友更要讲卫生，养成按时刷牙的好习惯。

　　家长可以引导儿童大胆表述自己对画面的想法。通过观察和听说，发现故事中角色的对话特点，从而体会他们不同的心理感受及变化。

　　《鳄鱼怕怕牙医怕怕》以绝妙构思，既展示了极高的美学素养，又帮助孩子链接生活经验。鳄鱼牙疼去看牙医，犹如一个幼儿对医生充满惧怕。而以常人面目出现的牙医对这样一个特殊的病人，内心同样满是恐惧。在这互相恐惧的过程中，画面逐一展示了儿童补牙所看到和所经历的每一步骤：上牙科诊所——看牙医准备补牙器具——看到补牙的冷光灯和机器；然后，坐上补牙的椅子——任凭医生磨去蛀牙层面——填充治疗龋齿药物——覆盖修补珐琅质——完成补牙。再一次翻阅图书画面，我们还可以看到儿童补牙的通常情感思考历程：害怕补牙——不得不补牙——看到补牙机器的恐惧——磨牙的痛苦和恼火——治疗时的无奈和忍耐——补完牙的轻松和感谢——知道要认真刷牙。这个情感和思考的过程，是每一个孩子都可能经历的，作者在用文字和图画讲述故事的过程中，擅长调动儿童的生活经验，让他们在仿佛重新经历补牙的过程中理解故事，并感悟故事所包含的深意。

　　"牙疼不是病，疼起来真要命。"相信看牙医不仅是孩子，也是大人的噩梦，当我们牙疼时，常自我挣扎：如不去看医生，得忍受令人痛不欲生的牙疼；如果去看医生，又得承受躺在补牙椅上的痛苦折磨。当我们把看牙医当做一个可怕的经验时，从来没人想过牙医也有看病人的痛苦挣扎；他每天除了要看那些可怕的蛀牙之外，还得忍受病人的惨叫。作者五味太郎以诙谐的对比文字，在书中幽默地刻画出病人和牙医对立的矛盾心理。本书主题鲜明、画面富童趣，是一本令人会心一笑的心理图画书。

　　作品中除了生动的绘画外，文字部分全是鳄鱼与牙医的心理活动，

感动童年的阅读

以系统的心理活动来刻画人物、展开情节，既展示了两个不同角色此时此地的真实心情，又造成了故事讲述结构上朴拙而又奇巧的美学效果。五味太郎的作品在构思和美学形态上，总是具有一种别出心裁的独创性和出人意料的审美效果。幼儿文学拥有一种单纯的美学。这种单纯决不是简单和粗陋，而是一种具有独创性和很高艺术智慧的美学。杰出的幼儿文学作品大抵都展示出了这样的智慧和美学。

"生活中不管多么微不足道的事，五味太郎都能从中获得启发。他肯定人生，积极乐观，每次和他谈话，都让我好像又回到年轻的时候……"这是与五味太郎相识二十多年的名插画家林明子对五味太郎的看法。正因为五味太郎拥有开朗、健康的气质，因此作品中呈现毫不矫饰的童真与幽默，这项弥足珍贵的创作特质，也是读者喜欢他的原因之一。五味太郎认为：绘画是人的基本人权，谁也不能侵犯。他觉得绘画和唱歌、跳舞一样，是人类抒发心中情感的方式。讨厌画画的人，可能因此错失一种可以表达自我的方式。所以，他的每一本图画书都给孩子留下广阔的想象空间，而不是单向的趣味灌输。

《鳄鱼怕怕牙医怕怕》

作　者：五味太郎
出版社：少年儿童出版社
出版年：2004 年
定　价：23.8

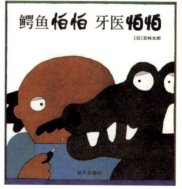

文／华万英

把爱装进包裹

"凯琪的包裹——"每当邮差克莱弘兴奋地叫喊着凯琪时，一个个惊喜接二连三地发生。包裹里到底是什么呢？凯琪很想知道，我们也是如此。那不妨让我们走进这本名叫《凯琪的包裹》的绘本，寻找包裹里到底藏着什么吧。

当我们满怀喜悦，却发现包裹中原来是我们平日最常见的肥皂、袜子、果酱、白糖、巧克力。这在我们看来不是什么稀奇的东西，但对于凯琪，凯琪的母亲，还有村庄的人，可都是些稀世珍宝啊！

战争无情地摧毁了荷兰居民的美好生活，凯琪他们从此没有了舒适的生活环境，没有足够的粮食，没有保暖的衣服。但是他们团结，从不发生争执。不是说世界是个地球村吗，那我们不论来自哪个地方都是一家人。来自美国的罗西便抱着这样的心态，善良地资助给凯琪一些生活用品，凯琪又把它分享给大家，让大家一起分享她的快乐。

作者是想借助这包裹来体现"爱"。世界到处是爱，爱是相连的，是会被传染的。当罗西的亲戚朋友得知远方的人们有困难时，他们毫不犹豫地把自己家的东西寄给了凯琪。爱是没有距离的，是无止境的，这些内心美丽的孩子正是作者派来的天使，为的是能让世界处处充满真、善、美。与此同时，感恩也是作者想要表达的思想感情。当寒冬过去，春天

134

来临时，凯琪把郁金香球根种子寄给了罗西，希望罗西能和郁金香一般永远美丽快乐，从此梅菲尔德市到处开满了郁金香。

现实生活中，有很多地区存在这样的人——贫困、无家可归。我们生活在富裕环境里的孩子为何不学学罗西，把爱装进包裹呢？伸出手去帮助他们，我们内心同样会无比愉悦。是啊！要会爱别人、关心别人，和更多的人分享自己的所得、自己的快乐，这样才会更快乐！

《凯琪的包裹》以包裹为线索来发展故事情节，处处存在悬念、惊喜，使孩子有兴趣阅读，并且能让孩子学会写信的格式，以及给予孩子爱的教育。画面也富有生活情趣，更全面地让孩子了解了贫困地区环境的恶劣，体现人物情感表情的变化，更有助于孩子语言表达能力的培养。

让我们把爱装进包裹，和罗西、凯琪一样，用爱帮助有困难的人，用一颗感恩的心去感谢、回报给予你帮助的人。相信爱会不断地连接，将这份爱一直延续下去。

《凯琪的包裹》

作　者：【美】坎达斯·弗莱明　　　文
　　　　【美】斯泰西·德雷森·麦奎因　图
译　者：刘清彦
出版社：河北教育出版社
出版年：2008 年
定　价：29.80 元

135

文／袁燕

爱你多一点

　　栗色的小兔子想要去睡觉了，它紧紧地抓住栗色的大兔子的长耳朵，它要栗色的大兔子好好地听。它说："猜猜我有多爱你？""噢，我大概猜不出来。"栗色的大兔子说。"有这么多。"它伸开双臂，拼命往两边张。栗色的大兔子的手臂更长，它也伸开双臂，说："可是，我爱你有这么多。"嗯，是很多，栗色的小兔子想。

　　"我爱你，有我够到的那么高。"栗色的小兔子举起胳膊说。"我爱你，也有我够到的那么高。"大兔子也举起胳膊说。这太高了，栗色的小兔子想，真希望我也有那样长的胳膊。

　　……

　　周末，我懒懒地半躺在沙发上，翻着书，看到这么一篇，顿时兴致来了，坐起来冲轩甜甜地笑着，说："轩宝呀，过来，咱玩一会。嗯，你知道妈妈很爱你吧？那，来猜猜我有多爱你？"哈哈，小人果真放下玩具，跑过来一脸期待地看着我。"我呀，爱你有这么多。"我用手学着小兔子那样比划了一下，当然有所保留，我比的比较小一点。"那，你爱我有多少？"轩立刻同样做了个手势，但绝对比我刚才那个要多，我忍着笑，继续比，果然，她每次都要努力比我多，到后来，我实在忍不住，捂着肚子在沙发上大笑起来。

书上说得没错，孩子总喜欢和别人比较，以前，我不清楚这种心态。轩有个好朋友，她们经常一起玩，有时看到我家的一些玩具呀、零食之类的，会很认真地告诉我，阿姨，我家也有什么什么的。当时还百思不得其解，我好像没提问吧，怎么主动告诉我这些呀，而且那还是个比较内向的女孩子。现在，这本书让我茅塞顿开。

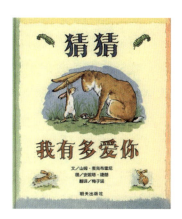

《猜猜我有多爱你》
作　者：山姆·麦克布雷尼　文
　　　　／安妮塔·婕朗　　图
译　者：梅子涵
出版社：少年儿童出版社
出版年：2005 年
定　价：29.80 元

文／袁燕

无处不在的"贝贝熊"

贝贝熊系列第一辑是我第一次网购的战利品，同时还买了《好饿的毛毛虫》、《我的感觉系列》等口碑都相当不错的绘本，但独有这套书深受轩的喜爱，幼儿园三年，经常拿出来阅读，我没空讲时，她就自己坐在沙发上看图，看到高兴处会眉飞色舞地跑过来跟我讲书中的情节，或者学学熊家族成员的各种语言、动作。

那时，我俩交谈最多的就是熊家族的每一件事，刷牙时，轩会故意挤出一大长条，挥舞着告诉我，一条大白蛇扭啊扭，扭过来啦；洗澡时，轩会跟我描述《睡前大战》中两只小熊你争我抢的样子，以及熊爸爸笨手笨脚、熊妈妈无可奈何的样子，当然，那充满整个浴室的粉色泡泡是轩最想要的情景，可惜我实在找不到那样的泡泡浴水，不然倒是可以上演实景版……

当我发现贝贝熊无处不在时，开始有针对性地强化轩的一些行为习惯。比如某段时间轩看电视较多时，我会在睡前故事中加本《电视迷》，讲完跟她讨论一下多看电视的坏处；当我不想提供太多垃圾食品时，我会把《科学饮食》拿出来，然后，轩想吃零食时，会调皮地跟我来句"妈妈，请给我来点胡萝卜条和苹果片"；当逛超市，轩的要求一个接一个时，我会加本《见啥要啥》。当然，有时我也会直接使用里面的语言，比如小家伙不太礼貌时，我会夸张地说："哦，天哪，你的礼貌都掉到地上了。"而轩上到中、大班时，我发现她看这套书时，更具有针对性，像《新邻居》、《朋友之交》、《闹别扭》之类偏向于友情、人与人如何相处之类的绘本，明显看得更多。

对于我来说，这个系列几十本书中，最让我感动的是轩在中班时学着《母亲节的惊喜》中那样送给我的"床上早餐"。那是一个周末的中午，我和轩窝在床上读《母亲节的惊喜》，主要是讲小熊哥哥、小熊妹妹和熊爸爸在母亲节时送给熊妈妈一份床上早餐和一件睡袍作为礼物的故事。轩看完就说："妈妈，待会起床后我要给你做份床上早餐。""可是，待会我们起床后，应该是喝下午茶的时间。"我故意调侃。"那我明天早上做给你吃。"轩想了想说。我压根就没放在心上，但第二天一大早，我还在迷迷糊糊间，忽然觉得身边小人轻手轻脚地起

床，穿上鞋就要出去。我很奇怪，一大早，小人要去干嘛？终于没忍住，在轩出房间前睁开了眼。轩回过头发现我醒了，赶紧过来说："妈妈，你别起床，我去给你做床上早餐。做好了来叫你。"我还以为昨天轩就是说说的呢，没想到过了一夜还记着，早上一醒就爬起来了，正沉醉在感动中，就听轩在外面大声喊轩爸："爸爸，我要给妈妈做床上早餐，请你帮我把苹果切一下吧，我要拌水果沙拉。""爸爸，请你帮我沏杯牛奶……不，是两杯，嘻嘻。""爸爸，有没有切片面包呀？帮我炸个鸡蛋吧"……热闹得很，把轩爸指挥得团团转。指挥间隙，还要跑进来看看我，交代一下："妈妈，不要起床哦，我一会就来喊你。"

听着外面轩热热闹闹的说话声，我渐渐又迷糊着了，直到听到一声清脆的呼唤："妈妈，起来吧，床上早餐做好了，有惊喜哦！"轩迫不及待等着我看她做的"惊喜"，还真是个大惊喜：托盘上放着漂亮的水果沙拉、面包片、几块饼干、煎鸡蛋、牛奶，还有一个神秘信件，里面是轩自己画的一幅画，我边道谢边夸张地拥抱了轩。

《贝贝熊系列丛书》的前三辑，让我们度过了三年快乐的学龄前阅读时光，不管是亲子共读还是自主阅读，都能让孩子在快乐、温馨中慢慢学会成长。

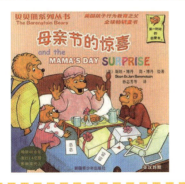

《母亲节的惊喜》

作　者：博丹
译　者：孙志芳
出版社：新疆青少年出版社
出版年：2008 年
定　价：7.80 元

NO.4 亲子教育现场

文／陈蓉

左脚右脚齐步走

谁都知道并这样体验过，小的时候，父母或爷爷奶奶搀扶着我们的双手，一步一步教会我们走路，从蹒跚学步到健步行走，倾注了他们共同的关爱和帮助。而到他们老的时候，有多少的我们会转变角色，像从前的他们那样，牵着他们此刻正在老去的手，搀扶着他们脆弱的身躯，一起走完生命的最后路程。

这是一个故事重演的故事，一本呈现生命循环经历的绘本，只需轻轻地描述"学习走路"这个朴实平常的生活细节，就能打动你情感的美好之书——《先左脚，再右脚》。

巴比是巴柏的孙子，巴比学走路，是靠巴柏帮忙。爷爷说："抓住我的手，先左脚，再右脚。"他们最爱做的事是搭一盒很旧的积木，积木上有英文字母、数字和动物。巴比总把大象积木放到最顶端，然后巴柏故意打个喷嚏，让高塔倒下。这是很多爷爷和孙子爱玩的把戏，他们故意捣蛋，彼此取乐。积木搭完了，巴比坐在巴柏的腿上，听爷爷讲他怎样教他走路的故事。巴比五岁生日那天，他们去了游乐园，坐飞车，看烟火，吃热狗和冰淇淋，他们还时常回忆儿时学走路的故事。

前面的每一页，都是爷孙俩玩乐相依偎的画面，充满浓浓的温情和亲情，今天的孩子谁没有这样的爷爷，没有这样地被宠爱啊？看到这里，孩子们一定会因为有同样的经历而感同身受，得到共鸣。

140

　　但世事难料。爷爷中风了，神志模糊，巴比几个月都没能见到爷爷，他十分想念爷爷。画面的风格也从明快和活泼转为阴郁和沮丧。巴比和巴柏的脸上都布满阴云，我留意到，他们的心情被作者比喻成阴影细腻地刻画到了墙上。在阅读的过程中，家长可以指引孩子去仔细观察，并真切体会巴比担心爷爷的内心情绪。

　　接下来的故事出现转机了。当巴比的妈妈已经确定爷爷很难再恢复的时候，巴比却尝试着以儿时的记忆来呼唤爷爷回来。你一定可以猜到，此时，巴比成了从前的爷爷，巴柏成了从头认知世界的孩童，他们重新玩起了搭积木的游戏，那一定是已积满灰尘的老积木。然后，爷爷像打喷嚏般地发出了声音，也能像巴比第一次发声叫出"巴柏"两个字那样，清楚地叫了"巴比"，沉闷的屋子里开始恢复笑声。巴比没有放弃，他要帮爷爷学会重新走路。于是，先左脚、后右脚重现，爷爷扶着巴比幼小的双肩，在草地上留下了蹒跚的脚印。

　　他们继续搭积木，打喷嚏，讲故事，学走路……书中后来的画面像倒带，回到了开头爷俩经历的场景，爷爷成了孩子，六岁的小孙子成了"大人"。画面相似，对话也相同，可丝毫不让人觉得是无聊的重复。爷孙俩在角色互换中，给我们展示出相通的生命情感和对彼此的感恩。

　　巴比和巴柏这两个名字，本身就暗示着你中有我、我中有你的生命密码。阅读这本书，不仅仅是说教似的、干巴巴地让孩子把巴比当榜样，学会孝敬父母，感恩亲人，而是试着让他们明白，这个故事是巴比的，也是我们自己的。

　　因为每个人的生命都不是孤立的，亲人创造了我们的生命，教会

141

了我们生活，我们也在他们的关爱里，参与到他们的生命里，和他们一起感应，一起共振不可分割的心灵。亲情的融入、关照和生生不息的延续是我们生命的营养，知道自己所获得的一切并不是靠天生，而是依靠很多人的努力，这正是让孩子从小就认识到生命需要感恩的重要的途径。

我们的父母总喜欢等孩子大一点的时候，再去引导他们具备感恩的美德；也总是一定要碰上了不寻常的大事情时，才去痛骂孩子对亲情的无知；更是在需要自己身体力行时，给予了孩子无情的反面教材。

生活中对亲人的感恩正如"先左脚、再右脚"的学步那样，简单、普通的经历就能让人得到呼应和共鸣。而一旦你忽略或轻视了它，心中一定会留下一个缺失的角落，总让你隐隐地内疚和痛。

《先左脚，再右脚》

作　者：（美）汤米·狄波拉

译　者：柯倩华

出版社：河北教育出版社

出版年：2011 年

定　价：29.80 元

142

表达，也是一种能力

文／张蓉

　　人的一生除去那用来睡觉的三分之一时间外，剩下的那三分之二时间里，就一直在"表达"。用语言来表达，用眼神来表达，用肢体动作来表达，甚至用各种符号工具来表达。表达是人的基本需要。人是有感情的个体，每个人有每个人的个性和成长经历，当我们在进行沟通交流时，我们就必须借助"表达"，才能完整地把我们的信息传输给对方，才能进行有效地沟通和交流。

　　表达是情感的需求。表达我的需要，表达我的情感，表达我的思想，表达我的个性……人的一生就是在不断地、不停地表达。其实，表达，也是一种能力。

　　这是我看完绘本《猜猜我有多爱你》后产生的感想。

　　大兔子和小兔子都想证明自己比对方更爱对方。这是个浪漫而温馨的故事。更多时候，我们会被其中的"爱"的感情感动着、温暖着。其实，这里也有着关于"爱"的表达啊。

　　小兔子的手臂张开的表达，跳跃起来的表达，努力伸展肢体的表达……这些可爱而温馨的举动真的可以深深打动大兔子和我们的心啊。这是只会表达、懂表达、能表达的兔子哦。

143

爱是需要表达的。感情也是需要表达的。我们的一生是多么需要表达啊。

我也是一名语文教师。每每看到我的学生在回答问题或者进行演讲等需要表达的状况下，那种焦躁不安、心有余而力不足的状态，我就会很为学生惋惜。学了那么多年的语文，为什么我们的学生在组织语言、口头表达方面还是那么欠缺呢？中国一直崇尚儒家文化，在沟通表达方面，讲究含蓄和内敛。可是，随着时代的发展，社会的进步，快节奏的生活状态，我们没有时间和精力进行"含蓄而内敛"的沟通交流，我们也不屑去猜测他人的想法，甚至也不太愿意去关注他人的感情需要。这就是为什么我们现在这个社会会给人越来越冷漠的感觉，我们的孩子越来越不会表达的原因了。我们都没有给孩子做好表达的榜样，教给孩子表达的技巧，怎么能够要求我们的孩子会顾及我们的感受，能有效地和我们沟通交流呢？表达，真的是一种需要培养的能力啊。

表达的能力没有必要刻意地去培养和强调。其实，我们每天都在进行中。只要我们愿意，每天跟孩子进行有效的 15 分钟的交流，就像大兔子和小兔子那样，进行爱的对话，我们的孩子就会从我们身上学会很多，得到很多。这里的"有效沟通"，就是一种真诚的、热切的交流。没有不耐烦，没有敷衍，没有焦躁，没有疲惫。其实，只要当我们真心实意去这么做时，我们自己也会得到心灵的宁静和安慰，得到孩子那暖暖的爱的关注，何乐而不为呢？

表达，就是一种能力。亲爱的爸爸妈妈们，调动起你全部的细胞，用你们积极的快乐来和我们的孩子进行有效的沟通交流吧，我们的孩子会成为"表达达人"的，他／她将反馈给你的会是那浓浓的深情的表达之爱。愿爱和温暖成为我们每个家庭表达的主旋律！

绘本《猜猜我有多爱你》插图

NO.4 亲子教育现场

妮妮，不可以

文／尹 培

　　还记得第一次偶然进入江阴市图书馆儿童绘本馆，看到书柜里满满的绘本，我和王妮妮对视一笑，哇！那么多的书，那么多美丽的绘本！仿佛进入了童话世界。

　　三周岁半的王妮妮已经是幼儿园小班的同学了，家里也有好些绘本，所以当她看到有几本和家里一样的书，她很开心地告诉我："妈妈，那个是《猜猜我有多爱你》，还有《不一样的卡梅拉》，和我们家里的一样的。"在馆内，让王妮妮一个人去选书，她很高兴，也有一些害羞。选好了书，找好位置坐好，我指着封面，一个字一个字地轻轻读给她听。她也跟着我一起认真地念。然后我们一起翻开书，先让她看着图片，我指着字一页一页地读给她听。在这里看书，王妮妮特别认真，可能因为这里的氛围比较好吧，周围有好多和她年纪相仿的小朋友，或者是妈妈陪着，或者是爸爸陪着，还有的是奶奶陪着，每个人都很认真地看书。

　　《大卫，不可以》、《11只小猫做苦工》、《彩虹色的花》、《是谁嗯嗯在我的头上》还有《动物动物捉迷藏》等等都是王妮妮比较喜欢的绘本。其中《大卫，不可以》是她特别喜欢的一本绘本。在我看来，大卫真不是一个可爱的小孩，可是妮妮却很喜欢，觉得他很有趣，

146

又可爱。可能是从他身上看到了自己任性的样子吧。

大卫是一个五岁左右的小男孩，长得很丑，圆圆的大脑袋，稀疏的几根头发，小小的身体，三角形的鼻子，嘴巴里面几颗稀稀落落的尖尖的牙齿，一副天不怕地不怕的样子。这本书，图画内容很简单：大卫在爬高拿东西，大卫玩得脏兮兮地回家，大卫洗澡的时候玩水，大卫不穿衣服，大卫不好好吃饭玩食物，大卫不好好睡觉，大卫把家里搞得一团糟，大卫在家里打翻东西……每一幅图只有一行文字：大卫，不可以。就像常常发生在家里的场景在你眼前一一呈现，顽皮的孩子，生气的妈妈。好多事情也都是我们不许妮妮做的，几岁的小孩子一般都不知道危险，很多时候我们也会脸红脖子粗地叫着：妮妮，不可以！看这本书的时候我和她一起看图画，然后再告诉她危险的事情不可以做，她好像都能听懂，而且会取笑大卫不可以这样，不应该那样……

有时候你和她说一个道理，她总是记不住，但是通过绘本中图画的描绘，她的记忆就特别深刻。而且那些诙谐幽默的图片总能引得她哈哈大笑，不知不觉中明白了很多道理。全书点睛之笔应该是最后一页，做错事情的大卫哭了，妈妈给了他一个温暖的拥抱，并对他说："妈妈爱你！"可以想象这时候的大卫妈妈一定没有生气了，而是满满的爱！所以每次王妮妮做了错事之后我们批评她，等一会一定会去告诉她："妈妈爱你。"她也会明白，我们不会因为她淘气就不爱她，我们只是希望她能改掉一些坏习惯，变得更好。

王妮妮还特别喜欢下午"种子乐读"的活动，每次都听得津津有味。我想，那么多小朋友一起听故事应该比一个人听有趣得多吧！回到家，她还会把听到的故事讲给爸爸听，告诉他森林婆婆很厉害的，所以不要砍树。绘本馆每个月都有不同的故事主题，非常有意义，值得小朋友和爸爸妈妈们一起听。

《大卫，不可以》

作　者：[美]大卫·香农
译　者：余治莹
出版社：河北教育出版社
出版年：2007 年
定　价：29.80 元

感动童年的阅读

文/丁红

这样洗头不害怕

杨杨最早接触到的一套绘本是由中国少年儿童出版社出版的亲子双向阅读丛书，作者是德国的哥里塔·卡罗拉特（文字）和苏珊娜·麦斯（插图）。这套书共八册，每一册讲述了一个主题，有关于人格类的"友爱"、"诚实"、"勇敢"、"分享"，也有关于生活习惯类的"如何洗头"、"收拾房间"、"按时睡觉"等等。

对我而言《来洗头，小熊布迪》这本书帮我解决了一个大难题。那时杨杨才两周岁，最怕洗头，因为不管我再怎么小心，水总不免进到他的眼睛里。于是每次洗头都是一场硬仗，我手忙脚乱，他大呼小叫，我态度强硬，他奋力反抗。有时候家里三四个人一起上阵，也未见人多力量大的奇效，反倒是越帮越忙。一顿忙活下来，看着杨杨洗完头坐在院子里享受着阳光，一脸惬意的样子，真是又爱又无奈啊！仔细想想也对，孩子不是青菜萝卜，不是凭人多手多，人高力气大就能搞定的。他也是一个人，有喜好，也有恐惧，尽管这种恐惧在大人眼中是那么不必要。

于是我让杨杨看这本书，那时候他还小，我就读给他听。小熊因为贪吃，头上沾了很多蜂蜜，黏黏的，爸爸要给它洗头，可是小熊怕水进到眼睛里面去，不敢洗。我问杨杨："小熊不敢洗头，对不对啊？"

杨杨立马告诉我："不对，那样头发会臭的。"我再问他："可是小熊怕水，有没有别的办法，不用水也能把头发洗干净啊？"杨杨说："我想到了，可以干洗。"我一听乐了，接着往下读给他听。小猪用了很多办法来帮助小熊洗头，用牙齿咬、梳子梳，毛巾擦，剪刀剪，擦爽身粉，不但没有效果，小熊的头发反而越弄越脏了。我问杨杨："这可怎么办呀？"杨杨说："只好洗头了呗。"

通过阅读，杨杨明白了洗头的重要性，我也学会了不把洗头当做是任务，而是与孩子一起玩耍的游戏。我为杨杨准备了潜水镜，让他像故事中的小熊一样戴上了潜水镜，躺在浴盆里。我问他害不害怕，他说一点也不怕，两只小手兴奋地拍打着浴盆里的水。那一次洗头杨杨变得很有耐心，虽然他还是会不断提醒我别把水弄进他的眼睛里，但我明显感觉到他的懂事。为什么以前我会那么简单粗暴地对待他呢？也许在孩子眼里大人才是胡搅蛮缠、不讲道理的吧。

从此，我学着让杨杨用不同的眼光和方式对待生活中必须要做的事情。古人云：积行成习、积习成性、积性成命。好的生活习惯需要从小培养，生命的意义不止在于未来，更在于当下怎么去对待。

《来洗头，小熊布迪》

作　者：［德］哥里塔·卡罗拉特
　　　　/ 苏珊娜·麦斯
译　者：武正弯
出版社：中国少年儿童出版社
出版年：2004 年
定　价：7.50 元

文／周亭亭

大世界，不吓人

老鼠妈妈的孩子不见了，她翻山越岭找寻自己的孩子，经历了风雨炎凉，在她心情糟糕至极的时候，从她的身旁跳出一只毛茸茸的黑色大猩猩。鼠妈妈认定黑猩猩想杀了她，于是她吓得掉头就跑，黑猩猩不停地追着她喊："嘿，站住！"鼠妈妈只好一路不停地逃。她逃到了中国、美国、澳大利亚，面对熊猫、花栗鼠、考拉熊关心的询问，她都回答说是黑猩猩在追杀她。不管她逃到哪里，黑猩猩都一直在后面紧追不舍，最后当鼠妈妈逃到北极、无路可走的时候，黑猩猩却从怀里掏出一个东西，微笑着递到鼠妈妈面前，那居然就是她苦苦寻觅的孩子。

海豚绘本花园价值观系列中的《嘿，站住！》讲述的便是这样一个故事。作者是英国的简·威利斯（Jeanne Willis），并由英国著名插画家汤尼·罗斯（Tony Ross）为其插画。语言充满童趣，并多次采用回旋和重复，配上活泼灵动、色彩浓烈的图画，一步步将故事推向高潮。这是一个很适合角色扮演的故事，体验快乐的同时，我们还能收获更多的感动。

当我们看到封面上一只张开血盆大嘴的黑猩猩时，心里也许会有些害怕，疑问也由此产生了——黑猩猩到底想干什么？它为什么一直要叫鼠妈妈"站住"？场景一幕幕变化，悬念也一步步升级，当黑猩猩在北极的风雪中向鼠妈妈逼近、伸出手掌、张开大嘴时，鼠妈妈全身发抖、

双眼紧闭，许下了最后一个愿望——在临死之前还能见上自己的孩子一面。就在这时，黑猩猩从手掌中变出一只小老鼠，告诉鼠妈妈，他在森林里找到了她的孩子，并一路追赶她，就是为了把小老鼠送回妈妈的身边。此时画面上的黑猩猩看起来是那么地温柔，用两只大手掌小心翼翼地捧着鼠妈妈的孩子，倍加呵护。阅读绘本的我们和鼠妈妈一样，紧绷着的神经一下子放松了下来，"我现在一点也不害怕了，虽然这个世界很大很吓人。"画面中黑猩猩伸出一根手指，牵着鼠妈妈和她的孩子，说："让我把你们一起带回家吧，这样你们才感到安全。"片刻前还恐慌不安的鼠妈妈放心地答应了他。我们还能从最后一幅画面中看到，回家路上他们之间的信任升级了，鼠妈妈和她的孩子都坐在了黑猩猩的肩头。多么温馨的一幕啊！

故事中鼠妈妈这段充满刺激和变化的惊险之旅，让我们感悟到：有时候，我们害怕的假恶丑并不存在，只是我们心中的一个不真实的信念。有时候，我们要寻找的真善美并不遥远，只是我们被一些定势的思维方式蒙蔽了双眼。黑猩猩手中的小老鼠，不仅仅是鼠妈妈在苦苦寻觅的，我们亦然。所以，放下疑虑，信任他人吧！

如果说亲子阅读是在孩子们的心中播撒种子，那么绘本《嘿，站住！》播下的便是信任和善良！还等什么？为你的孩子打开这本小小的书吧！

《嘿，站住！》

作　者：（英）简·威利斯　文
　　　　／（英）托尼·罗斯　图
译　者：张杨静
出版社：湖北美术出版社
出版年：2009 年
定　价：10.00 元

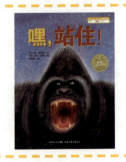

152

送你一颗"牙仙子"

文／李海燕

我们都爱自己的孩子，捧在手心怕摔了，含在嘴里怕化了，更何况现在都是独生子女。真是天下的父母一样的心啊！

但是爱是多种多样的。我们都茫然地前进着，不知道怎么宠爱自己的孩子，让自己的孩子更优秀，因此教育更显得重要。现在每个父母都知道，孩子的早期教育是很重要的，但是怎样引导孩子，怎样充分利用天真的童心来教育孩子？我真的很彷徨。在一个偶然的机会里，徐老师的一席话惊醒了梦中的我。阅读，是一个很好的开始。

就这样，我对孩子的阅读培养就这样拉开了序幕，努力让孩子喜欢阅读，爱上阅读。有一次，我带孩子去同事家玩，孩子死死地盯着同事家的书架，上面有好多书啊。孩子对我说："妈妈，帮我看看，有没有小朋友的书啊？"我就问同事是否有小朋友的书，同事让她女儿挑了很多小朋友的书（同事女儿已经上五年级了）。我记得非常清楚的一本绘本是《我那颗摇晃的牙齿绝对绝对不能掉》，这本书，女儿尤其喜欢，看了很多很多遍，问了很多很多的问题。比方说："妈妈，我会不会掉牙齿，牙齿会不会掉到肚子里，真的有牙仙子吗？"等等诸多问题。我一一地解释，孩子那年才4岁。

今年突然发现孩子的牙齿有点松动了，孩子也到了换牙的年纪了。

于是，孩子的问题又出来。孩子对我说："妈妈，我真的好害怕牙齿掉到肚子里去呀，要是掉到肚子里会不会开刀啊？我好害怕啊！"我安慰她说："你还记得劳拉掉了牙齿的时候吗？你会长出好牙的，掉牙齿的时候，你会小心的，不会掉到肚子里去的，你放心吧，你应该想着你的牙齿还可以换到硬币呢，牙仙子晚上会来看你的，真的。"

孩子的紧张情绪，只能靠这本书来缓解了，我拿出这本《我那颗摇晃的牙齿绝对绝对不能掉》书给她看，她自己基本能看懂了。看了之后，就再没有之前的紧张了。在她的牙齿掉了之后，她把它洗洗干净，用纸包好，放在枕头底下，微笑地睡着了，睡梦中等着牙仙子的到来。

第二天，孩子早早地醒来，发现枕头底下的一元硬币后欣喜若狂地呼喊起来："妈妈，牙仙子晚上真的来看我了，妈妈，你看，硬币。世界上真的有牙仙子耶！"我只有微笑地看着孩子，孩子快乐，我就快乐。

所有的家长都知道，"牙仙子"是怎样做的。为了保持孩子的天真，为了给孩子留下童年的美好回忆，也为了给孩子减轻许多无形的恐惧，无形的压力，让孩子阅读，从而轻松上阵吧。加油，孩子！

《我那颗摇晃的牙齿绝对绝对不能掉》

作　者：罗伦·乔尔德

译　者：漪然

出版社：接力出版社

出版年：2007 年

定　价：12.80 元

感动童年的阅读

文／金 静

三个人的红沙发

最近要找关于妈妈的绘本，第一个就想到了曾经看过的《妈妈的红沙发》。这是薇拉·威廉斯获得凯迪克荣誉奖的作品。我很快找了出来，书的封面是小女孩站在妈妈工作的餐馆外向里面招手，站在她的角度，看到餐馆里很热闹，忙碌的妈妈两手端着食物，眼睛却向外看着小女孩，面带笑容。

随着小女孩走进故事，我们逐渐了解了大概。小女孩跟妈妈和外婆三个人一起生活，家境贫寒的母亲在"蓝车餐馆"里靠劳力换取收入维持着简单的生计。小女孩也在餐馆打零工赚取工钱，然后把一半放进大瓶子里存起来，妈妈也会把赚到的小费通通放进大瓶子里。生活总是预想不到，家里突然发生火灾，东西被烧光。但外婆说："幸好我们还年轻，可以从头开始。"多么乐观的人生态度！于是外婆、妈妈和孩子三代人开始了努力攒钱重建家园的过程。邻居们送来了桌子、椅子和床，还有匹萨、冰淇淋和好多好东西，这让她们很感激。但最让她们开心的，是终于存够钱买了一张漂亮舒服的红沙发。

书中的小女孩一家自始至终都没有抱怨过生活的不幸和痛苦，它让我们明白了人与人之间的同情和关爱，终会克服任何困难，抚慰伤痛。小女孩外婆的一句"可以从头开始"更为小女孩做了优雅的人生示范。

这是一本让人心里充满了感动的、赞美勇气、节俭和团结的书。这个小女孩身上最值得学习的就是她的品质，她不仅仅会为自己所关心的人和事付出，也懂得珍惜和感谢别人给予的支持和帮助。苦难的生活中，她学到了爱与责任。而这一点正是我们的孩子最欠缺的。

图画书最写实了，在画家笔下的布景和衣着，有着强烈的色彩，也呈现了小女孩家境的贫寒。全书始终围绕三个女性，角度独特，也说明了这是一个单亲家庭的孩子。唯一的跨页图画，以一列长长的人群队伍证明：人与人之间的同情和关爱，终会克服任何困难，抚慰伤痛。就像小女孩一样，始终保有健康向上的心态，对自己和家人的生活充满了希望。绘本的最后，一家三口挤在沙发上的情景真是让人感动啊！

在物质如此充盈的时代，我们真的感到幸福吗？在孩子所有的愿望都轻易满足的时候，她就快乐了吗？我们和孩子是不是应该多一些对家的期待呢？这样是不是会让我们的生活更加充实、更加幸福呢？通过这样直观的图画书，通过简单的故事情节，或许能使孩子拥有同情心，感受到艰辛环境下爱的美好和重要。

亲情永远都能源源不断地给予我们前进的动力和克服困难的勇气。

【蓝车餐馆是指较经济便宜的小餐馆，通常有长长的吧台和高脚凳，仿火车上餐车的样子。】

谁来搬走小猪的石头

文/金 静

　　听到《石头小猪》这个名字，第一印象就是，难道这只小猪真的是石头变来的？以往书中的猪都是肥头大耳，只知道吃饭睡觉，做起事来慢吞吞。可这本书中的小猪会是怎样呢？

　　翻开书，我们看到了一只勇敢的小猪，它总是做一些在大人看来危险的事情。比如眼前这条立着"危险"路牌的马路，小猪就会"义无反顾"地走过去，很有一副大无畏的精神。面对这样的勇敢，小猪无一例外会遭受挫败，各种石头砸向他。如果你认为它就此输掉那就错了。小猪在路上行走的时候，"咚"的一下，不幸被一块石头砸中，奇怪的是居然没受伤，还得到了一副"石头身板"，这下连龙卷风刮起来，雷劈下来都不怕了。正当洋洋自得的时候，小猪被一块小石头绊倒了，它又变回了原来的那头小粉猪。

　　故事很简单，作者本身也是位父亲。在他眼中，这个石头小猪的故事正是孩子成长过程的真实场景。孩子对这个世界充满了好奇，在他们的眼里什么都是新鲜有趣的。因为没有经历过失败和挫折，所以当父母告诉他做什么事后果很危险，什么事不该做的时候，他们心里总还是会想去尝试那些未曾经历过的。

　　正如摔倒过的孩子如果自己爬起来，学走路会更加快一点。保护

157

得太好则无法激发孩子内在的潜能。最喜欢作者秋山匡说的一句话："与跌倒之前把石头挪开相比，学习摔倒的方法、重新站起来的方法更为重要。"的确，家长也应该抱着这一信念，孩子童年时遇到一定程度的挫败未必是坏事儿。保护孩子是必须的，但有些时候学会放手，他们也不会让你失望。孩子身上都有一种韧劲，不怕输，不怕疼，有梦想就去努力，适度地鼓励这样的精神尤为重要。

我们要充分地相信孩子的能力，他会用自己的方式勇敢面对生活中的点点滴滴，即使会有失败，也会从克服失败中感受到属于自己的快乐和满足。

还想告诉孩子们：成长的过程中，阻碍前进的大石头、大困难能看得清，能避得过，而小小的石头、小小的困难也不能轻视，要不会和小猪一样摔个大跟斗的哦！

《石头小猪》

作　者：（日）秋山匡 文／图
译　者：朱自强
出版社：南海出版社
出版年：2010 年
定　价：25.00 元

感动童年的阅读

裘裘会装死

文/金 静

让孩子自己学着长大——来自庆子的智慧礼物!

不要再笑了,能笑为什么不笑呢? 来自庆子的一本绘本《不要再笑了,裘裘》, 初看题目觉得很诧异, 为什么不要再笑呢? 笑是一件多么美好的事情啊, 笑是一种感情沟通, 也是一种感情的传递方式。这会是一个怎样的故事呢?

裘裘是只快乐的小负鼠, 最喜欢笑, 但作为一只负鼠, 他必须学会装死, 因为这是他们生存的必备本领。故事讲述了小负鼠裘裘跟妈妈一起学习装死的技能, 可是不管妈妈假扮什么动物, 负鼠裘裘都忍不住会笑出声来, 因为啊, 不管妈妈装成什么动物来吓它, 它都是自己最亲最爱的妈妈。出人意料的是, 在真正的大熊出现的紧要关口, 裘裘表现得十分出色, 不管大熊是闻他, 还是戳他, 甚至把他拎起来晃, 他都一动不动, 像是真的死了一样。这下, 大熊该走了吧? 可是他没有, 他居然哭了! 原来大熊是专程来找裘裘, 希望裘裘能够逗他笑的——这只可怜的熊长到现在还不会笑呢! 善良的裘裘听到这里, 当然就"活"了过来。这个结局设计得非常圆满, 裘裘因为真正的凶巴巴的大熊到来而学会了装死, 而大熊也因为裘裘而学会了笑。一个学到了最基本的生存技巧, 一个学会了如何体验人生最美妙的情感。

159

整个故事的语言叙述十分幽默诙谐，让人看了捧腹大笑。可是在笑过之后又不难发现作者隐藏在细节处的多层含义。

一个人只有在没有任何心理负担下才会由衷地感到快乐。很多人都说只有在童年才是最快乐的，其实，是作为成人的我们心态的问题。想得太多，放不下了，就活得累了。看看书中的裘裘，简单而快乐地生活着，明明知道一只负鼠只有学会了装死才可以活命，可世界这么美好，不管妈妈装什么来吓唬它，它都忍不住地笑出声来。但当真正的大熊来的时候，负鼠裘裘自然而然地学会了求生本领——装死，而且表现得非常出色。由此可见，永远不要低估孩子的潜能，孩子的能量永远是成人无法想象的。学会相信孩子，相信自己，相信平日的引导其实已进到孩子心里，说不定何时这样的教导就会起作用。

在一本书上看到这样一句话："真的没理由不快乐，因为还活着，因为还可以喝一杯热茶。"每个人都可以掌握自己的喜怒哀乐，可是往往有很多人把这个主导权交给别人。何不从现在开始，每天起床第一件事，就是在镜子里对自己笑笑呢？让自己感染身边的人，就像负鼠裘裘一样，笑对身边的一切。

《不要再笑了，裘裘！》
作　者：（日）庆子·凯萨兹
译　者：汪芳
出版社：江苏少年儿童出版社
出版年：2007 年
定　价：22.80 元

感动童年的阅读

最好的自己在这里

安徒生说，一个人是微小的尘粒的时候，躺在哪一朵花里，这花的气息便是他后来的气质。

我是谁？我从哪里来？我将成为什么？带着问题来找寻吧！小黑鱼、田鼠阿佛、艾利斯、裘裘、菲菲……从绘本花园里大大方方、活泼泼地蹦出来，它们闪烁明亮的眼睛，抖动勇敢的身体，伸出友善的双手，呈现纯真的心灵，诉说良善的言语，给你和孩子讲柔和、乐观、自由的小故事。漫游在灵感叠发的亲子阅读里，若懂得故事的灵魂，也就懂得了孩子的气质向往。感动他们的灵犀榜样，就是孩子成为最好的自己的快乐方向。

半杯果汁

文／陈馨

和女儿一起洗澡，总能有话没话地聊起来，打发每日重复的时光。

刚给她讲完《魔法森林的夜晚》这本绘本，书中的主人公梅奥和雷奥性格不同，收获了不同的命运，便想加深一下孩子对此的认识，让她在思考问题中明白绘本带来的启示。

"乐观是什么，和妈妈谈谈你的理解？"问题抛出后，她没有马上接口，简短的停顿后，她非常自信干脆地说："这样吧，我给你举个例子，什么叫乐观？桌上有半杯果汁，一个人跑过来看到，说怎么只有一半啊？倒霉！另一个人跑来看到，惊喜地说，啊，居然还有半杯果汁可以喝啊！妈妈，后面的这个人就是乐观的，前面的人不乐观！"她在浴室里手舞足蹈地回答了我的提问。

几秒钟的沉默，是我惊喜和意外的前奏。没有想到，女儿能用一个简单而清晰的例子来表达她对"乐观"的理解，很普通的现象，但对一个七岁的孩子而言，她似乎已经能够通过现实的例子来印证一个普通而广泛的生活智慧，在我眼里，这是一个从现象到观点，从观点到认同的思考过程，真是让人无比惊奇。不管是她自己所提炼的，还是从书上看来的，至少在这个年龄层有了自己去看世界、看现象，并和生活实际联系起来的基本能力，让我对"孩子不是本来就小，而是被所谓的大人看

小的"再一次深表认同。

和孩子讲乐观，讲勇敢，讲感恩，其实不是一次又一次地在她耳边重复字典上的释义，也不是在她不太容易接受的字眼中穷追答案。与其如此，不如给她一本书，教她看一种现象，和她作一些交流，把你的目的和指向藏在慢慢寻找、快乐探索后可以发现的空间，这比我们手拿答案召唤更让孩子有兴趣。当然，探索的道路有多长、多宽不重要，最重要的是她正在往前走着，和行走时的思考带来的感觉及领悟。这仿佛是一次次孩子潜能的自我挖掘，也正如此，她每天都在成为她自己内心想要做的大孩子，直至成人。

这一刻，我的内心很是欣慰。曾一起阅读过的绘本，无数长长短短的对话，不厌其烦的聊天，正在不断生长出让她思考和行动的环境。事实上，我相信她不是个纸上谈兵的孩子。"乐观"就如标签，牢牢地刻在她天真纯净的笑容里。她绝不会因为和同学的相处，考试没得一百，旁人不善的态度而耿耿于怀或忧郁不快。大大咧咧，嘻嘻哈哈，随和大方，不耍性子，是别人给她的一致评价，这些不都是"乐观"的表现啊。当我有些许烦恼挂在脸上时，她早已知道如何安慰人，告诉我把不快乐的事抛到脑后，就当不开心的事情从来没有出现过。这种乐观的状态和力量是如此生动地呈现在她的言语和行动中，感染了周围的人。

真的相信，她已在乐观里播下属于自己生命的幸福种子，也会在乐观里继续培养面对生活的态度和主张。

感动童年的阅读

采集诗意

文／陈蕾

冬天来了，雪洋洋洒洒地落在地上，五只小田鼠一家躲在石墙里的缝隙处过冬，狭窄的石头缝里，它们聆听着这样的诗句："一只是小春鼠，打开花露的花洒。跟着来的夏鼠喜欢在鲜花上涂画。小秋鼠跟来时带着小麦和胡桃。冬鼠最后到……冷得直跺小脚。"

寒冷不再是冬天的主题，饥饿也在诗语里被忘却，灰色被寒风席卷而去。五只田鼠的冬天变得色彩斑斓和温暖亮堂。原来，有一只叫阿佛的田鼠像站在舞台上那样，在石头缝里用朗朗的诗歌给其他四只田鼠带去了春天般的时光和诗意的仰望，这就是李欧·李奥尼的绘本著作《田鼠阿佛》中的一页插图。

深秋浸染田野，生活在石墙里头的田鼠一家忙着采集过冬的玉米、坚果、小麦和禾秆，只有阿佛例外，它说它也在干活，它在采集阳光，因为冬天的日子又冷又黑。田鼠们忙着搬运的时候，阿佛盯着草地，它说它在采集颜色，因为冬天是灰色的。田鼠们爬进爬出满头大汗时，阿佛说我没有闲着，我正在采集词语，因为冬天的日子又多又长，我们会把话说完的。

冬天越走越深的时候，田鼠们把该吃的都吃完了，把该讲的故事都讲完了，直至玉米也成为回忆，秋天好像陌生地想不起来。阿佛将它采集的阳光、颜色和词语一一地朗诵出来。金灿灿的阳光让闭上眼睛的田鼠们身子微微暖和了起来，黄色麦田里摇曳的罂粟花红得要伸手去捧，这些美丽的词语在石缝里欢快地跳跃，暖暖地流淌着，温暖的日子回来了，希望回来了，这一切，都是因为阿佛在其他田鼠们忙碌过冬时采集而来的。它也在储备过冬的食物，只是，它采集的是如何渡过寒冬的希望和光明，是那些食物所不能替代的。

初看绘本的插图，我们发现田鼠们被勾勒得是如此可爱，线条简单，表情传神，尤其是阿佛。四只田鼠紧张忙碌的时候，阿佛总是背朝它们，懒懒地微闭眼睛，或是若有所思，一副不管你们怎么看，只自顾自采集的样子，那些田鼠们很是纳闷，甚至有些看不惯似的，因为它们认为它是在偷懒。这时，在阅读绘本的我们可能也会纳闷，阿佛采集的东西到了冬天能有用吗？怎么用？我想，它大概是特立独行的吧！它不会随大流，它就像个爱专心做着自己的梦的孩子吧！用成人的思维，传统的思维来看，它就该和其他田鼠一样，好好采集食物，认真准备，那些阳光和色彩在冬天能派什么用场？词语在冬天的石墙缝里能当食物吗？

我突然想起，当自己小的时候，爱运动，爱唱歌，父母就会虎着脸说，别成天不好好学习，学这些，长大了有用吗？能当饭吃吗？或是现在，当有些孩子捧着课外书津津有味地阅读时，一些话语也会飘过来："看这些，对学习能有帮助吗？"工作了，我没有把运动和唱歌当作谋生技能，但我有了良好的身体素质，在有些时候，也能和朋友一起分享我还算美好的歌声。而那些从小就在课外书堆里长大的孩子，他们会比别人懂得更多，更有智慧。

所以，和阿佛一样，我还是固执地去守候和采集。当然，我更期待它那些采集的过程给自己以及它的家人们带来意外和惊喜。看到这里，我们已经开始慢慢领悟到，当冬天真正到来的时候，当再多的物质储备都让田鼠们感受到寒冷、无聊、冷清和难熬时，阿佛用储备了一个秋天的词语去描述阳光和色彩，那是多么激动人心和令人鼓舞的事啊！四只田鼠说，那是阿佛的声音吗？它有魔力吗？它们一齐为阿佛鼓掌，"好啊！阿佛，你是个诗人，真想不到！"我们也情不自禁地想为阿佛喝彩，为它采集了那么多陪伴大家走过冬天的诗意，也为它秋天时的认真、执著乃至虔诚。

　　绘本是写给孩子看的，同时也是写给成人自己的。成人就像那四只田鼠，他们关心着自己脚下的，手里的，这样心里才踏实。孩子们如同阿佛，他们关注世界的声音、色彩、气息和味道——那些看似微小但让他们无比欣喜的东西。他们没有成人那么现实和有计划，但他们因为心里怀有无比的憧憬而知足、富有。如果成人一味地以他们惯有的方式去影响孩子的话，那么阿佛就成了那四只田鼠中的一只，它们不再惊喜于大自然的赋予，也将在慢慢冬夜无语而过，在灰色的时光里等待下一个春天，然后日复一日地四季轮回，直至老去。试想，这个冬天，没有了阿佛，这个大家庭会感受到诗意一般的温暖吗？

　　我还看到了阿佛身上的浪漫主义精神，它对生活的热爱，对大自然的投入，对现实的一点点叛逆。阿佛俏皮而腼腆的浪漫主义和心中浓浓的诗意如它所描述的秋色那样丰厚和迷人。如果我们的孩子能从幼小时就让热爱自然和生活的情节一点点地滋生出来，他们的每一个冬天是否将会过得不再那么漫长，而更有意味呢？在困难来临时，是否依然能微笑地凭借内心所保留的色彩来鼓励自己？不必阻挡他们采集阳光和色彩的热情，那不是浪费时间。也不要用你的思维去代替他们的思考，他们有自己的心灵地图。更不必随意指责他们从阅读中获得的乐趣，那些词语将在日后散发出你无法预料的光芒。

感谢这只采集诗意的阿佛，他让自己和他人共同分享了诗意般的心情和希望。

《田鼠阿佛》

作　者：（美）李奥尼编绘
译　者：阿甲
出版社：南海出版公司
出版年：2010 年
定　价：29.80 元

感动童年的阅读

文／王晓燕

做一条小黑鱼

最初接触李欧·李奥尼的《小黑鱼》，只觉得它的绘图方式和效果很特别，精通绘画、雕刻、平面设计、印刷、陶艺、摄影的才华横溢的作者向我们展示了与众不同、华丽绚烂的画面。细读作品后发现，这是一个关于成长的故事：失去朋友的小黑鱼坚守孤独，四处游历，最后回到鱼群，成为拯救同类的英雄。作为成年人，尤其是教育者，我们可以从《小黑鱼》中领悟到很多，正如译者彭懿所说："作者想透过这个貌似简单的故事，引导我们去发现自己究竟生活在怎样的一个世界中？在这个世界中，我们又是怎样的一种存在？在反复阅读过程中，我深深地喜欢上了《小黑鱼》，因为它让我懂得，善于发现并勇于面对自我，学会独立思考，我才能进步与成长。"

但要将这本寓意深刻的《小黑鱼》作为幼儿园大班绘本教学的内容，我顾虑重重：我喜欢的故事一定也是孩子们所喜欢的吗？幼小的他们能理解作品吗？他们能读懂独特、抽象的画面内容吗？简单直白的故事语言能否吸引他们，我又该给予他们些什么，而他们又将获得些什么呢？辗转数日，我终于心怀忐忑地带着孩子们进入了《小黑鱼》的故事，虽然此前，我已预设了相应的教学目标，但我心中最希望达成的目标是：孩子们能喜欢这个故事。通过游戏感受小黑鱼和朋友在一起的快乐，在生动的音乐和语言的引导下体验小黑鱼失去朋友的孤独和伤心，通过阅

169

读重点画面把握小黑鱼由伤心变为快乐的心路历程，从由弱小变强大的小黑鱼的完整故事中获得勇敢、机智、善良、快乐的人生体验。孩子们在活动中的表现让我欣喜地意识到，他们是喜欢这个作品的；而同事们的积极评价和热情帮助更使我坚定了执教的信心。

在本书的十四个场景中，小黑鱼孑然一身在海里徘徊的场景，占了七个，其中六个是我安排孩子重点阅读的内容，这也是全书的一个高潮部分。为了能吸引孩子细致观察、大胆想象、尽情表述，在处理图片效果和改变陈列方式的同时，我通过让孩子自由阅读、集体阅读、教师精读等方式帮助孩子理解画面背后的内容，即小黑鱼学会了思考，它远离了伤心，获得了快乐。

第二次试教活动开始时，海辰急迫地说出今天上课的内容是《小黑鱼》，那是程舒涵如厕时告诉他的秘密；户外跳绳活动时，莹曦说《小黑鱼》的故事太好听了，小黑鱼伤心的时候，老师真的讲得很伤心；男孩们喜欢黑眼睛的大红鱼，因为它是海中的强者。在网上读到这样一句话：《小黑鱼》是可以陪伴孩子一直成长的。在他还是幼儿的时候，他会着迷于书中所描绘场景的美丽，逐渐还会发现成为英雄是如此激动人心，或许等他长大了，他还会发现人生中有时是需要坚守孤独的。而我身边的孩子们，只是用我听得见的声音在告诉我，他们喜欢小黑鱼，觉得它勇敢、聪明，可以打败坏蛋。但我相信，每一个孩子对《小黑鱼》都有各自的理解，只是，他们不愿或是不会用恰当的语言向我表达。

回顾两次和孩子们共读《小黑鱼》的过程，我和故事中的小黑鱼一样，同样经历着惴惴不安，但也收获了进步快乐。虽然距成功还很遥远，但我力争做一条小黑鱼，快乐、自由地生活。

《小黑鱼》

作　者：（美）李欧·李奥尼
出版社：南海出版公司
出版年：2007 年
定　价：29.80 元

NO.5 最好的自己在这里

文/陈蓉

发现阁楼

想象力比知识更重要，因为知识是有限的，而想象力概括着世界的一切，推动着进步，并且是知识进化的源泉。

——爱因斯坦

又是一个奇妙的童话故事，无尽的想象近乎荒唐。可在孩子的眼里，它或许就是真实的，也许每个童年期的孩子都会经历过这样的想象。

这是《我的秘密阁楼》，属于一个男孩的秘密阁楼，主人公就叫"我"。孩子在听我们阅读的时候，就可以把这个阁楼当成他自己的。

像很多孩子一样，"我"有很多玩具，建筑、飞船、汽车模型，还有许多被拆乱的玩具零件，可"我"坐在当中还是无聊，它们不会说话，不会走路，"我"陷入一片沉默。于是，"我"把消防车的长梯不断向上延伸，然后，"我"爬上了一个阁楼。

空荡荡的阁楼黑漆漆的，四周是灰色的墙壁，除此以外什么也看不见。但有老鼠一家四口躲在角落里。"我"躺在圆形的阁楼地面上，它像一个托盘，又像一块地毯，飘浮在空中。在阁楼的旁边，又出现了有几十只老鼠的大家族，它们忙碌地钻墙、破坏、运送着食物。"我"看得津津有味。

172

转而，"我"又发现了一只虫子。画面里的阁楼顿时变成了绿草成片、昆虫嬉戏的花园，"我"躺在草地上享受绿色。这时，一只蜘蛛爬过来，"我"和它一起织了一张很大的网，阁楼成了金字塔，这张网很快把它笼罩进去……

后来，阁楼又安装上发动机，成了《天方夜谭》里的神毯，"我"趴在上面俯瞰城市里密密麻麻的房子。阁楼游戏在不断地变化中，一扇扇窗户立体地呈现在阁楼上，海洋、原野、河流，包括天空的风景，都在小小的窗外向"我"招手。

"我"还是不满足，因为"我"还需要朋友和"我"一起分享神奇的阁楼。于是，"我"顺着消防梯下来了，在一望无际的草原上找到了一只老虎，它有着黄色条纹，而"我"穿着红色条纹的衣服。"我"相信，它一定是"我"的朋友。这个秘密的阁楼成了"我"和朋友狂欢的场所。"我"在阁楼内外看到、碰到的所有动物和自然景象，都聚集到一起，它们围绕在我的身边，"我"也兴奋地加入到它们之中。

此刻，书中曾出现过的阁楼画面都交织到一起，色彩、形状互相碰撞，如同化学反应一样，它们又组合成新的形状和图案，整个阁楼已经无法被描述出具体的模样。但"我"很开心，因为这个阁楼是无法用言语形容的，它的每个图案都在跳舞和变化，像河流的星空，像线条的大树，还有像海洋的陆地，反正是"我"从来没有见过和想象过的。"我"还能随时重组它们，变幻出更多的游戏，永远玩下去。

"我"玩了一整天才下来。我告诉了妈妈秘密阁楼的事，可她根本不相信。她当然不知道，只有"我"才有爬上阁楼的梯子。也只有"我"知道，那只黄条纹的老虎正在窗外等待"我"爬上去，继续每天的阁

NO.5 最好的自己在这里

楼游戏。

这是故事的结局。你相信有这样的阁楼吗？如果你有一颗和孩子一样纯真的童心，你会信的。你会停下手里所有的家务，用温柔的眼神注视他，听他讲这个阁楼如何地神奇和魔幻，如何让他开怀和兴奋。因为他实在有些寂寞和无聊，他总是自言自语，缺少玩伴。他有限的空间里怎能才看得到青青的草地，湛蓝的夜空？即使看到一只正在偷食物的老鼠，也好解解闷啊！

所以，他那么迫切地要为自己创造想象的阁楼，在阁楼里，他是主人，是发现者，也是被想象的一个人物，甚至是外星人。这样，他就可以在想象出的世界里，去遨游，去探索，去寻找到他生活里的乐趣。

其实他并不需要你真的跟在他身后，去探访阁楼，他只要你和他一起分享他全新的发现，为他高兴，为阁楼着迷，如同那只黄条纹老虎。这样，就足够了。

我曾读到过一首小诗。诗中讲到了一个爱画画的小男孩，喜欢用彩笔画出各种颜色的花草。小男孩上学以后第一天，老师让大家画一张画，小男孩便按自己的习惯，画出一支长着彩虹般色彩的枝叶的玫瑰花。老师看了以后批评说："玫瑰花应该是红色的、玫瑰花的枝叶应该是绿色的，你画错了，要重新画。"后来，一年很快就过去了。到了学年的最后一天了，老师又让大家画画。这一次小男孩又给老师交上了一幅美丽的玫瑰花图，图中有一朵被碧绿的枝叶衬托着的红艳艳的玫瑰花。就这样，小男孩在教育的打磨之下，渐渐地失去了他的想象力。

所以，去保护孩子们的想象力，鼓励他们寻找属于自己的秘密阁楼吧！想象力会生产出创造力，会始终给他们一双发现趣味生活的眼睛，让他们在烦恼和困惑并存的成长路上，也不会放弃快乐和梦想。

《我的秘密阁楼》

作　者：海文·欧瑞　文
　　　　/喜多村惠　图
译　者：蒲蒲兰
出版社：二十一世纪出版社
出版年：2011 年
定　价：26.80 元

我有很多玩具，但还是很无聊。

175

文／金 静

独一无二

　　我是无意中发现了这本由英国插画家本·科特创作的《小猪变形记》的。一打开书，就被作者诙谐有趣的写法逗得发笑。本书向我们讲述一只小猪在百无聊赖时，去体验别的动物的生活的事情。他满脑子奇异的想象，用各种办法模仿长颈鹿、斑马、袋鼠、鹦鹉等动物。遗憾的是，这些"创举"都以失败告终。最后受另一头猪的启发，他找到了真正属于自己的乐趣。他利用一种奇妙的方式为我们展示了一只猪"认识自我"的思想历程。

　　与其说这是本儿童读物，不如说是本充满哲学意味的书。它通过孩子的视角，用最简单的方法告诉我们：学别人很累，做自己最快乐。

　　"做自己最快乐"，多好的一句话！可是很多人听后都会感慨：在如今的社会中，要真正做自己好难。确实，在孩童时代，我们想笑就笑、想哭就哭，不会假装也不会掩饰自己的情绪，那个时候的自己应该是最快乐的。但当我们长大成人后，为了能够适应这个社会，为了让他人满意，我们只能收敛自己的个性，我们不能率性而为，要学会去做别人心中期望的那个人。此时，我们不禁要问自己：我快乐吗？

　　孩子们总会听到"向某某多学习"之类的话。有的父母也经常这样教育孩子：学校谁谁谁成绩比你好，你要向他多学习。其实，向别人学习，是要去学习别人的一种好的生活态度，而不是照搬照抄，因为人与人之间

有着不同的性格、不同的天分和不同的机遇，绝不可能通过一样的模式取得一样的成效。或许当你不断地努力改变自己向别人看齐时，你会发现，到最后我们不仅不能变成别人，还会丢了自己。因此，请做好你自己，只有你自己才最了解自己有多少能力；也只有你自己能让自己快乐起来！

和自己的孩子一起来看看这本书吧，看完之后，告诉他，你就是这世界上独一无二的！不要去模仿任何人，做好自己，简单、快乐地生活。

《小猪变形记》

作　者：本·科特（英）

译　者：金波

出版社：外语教学与研究出版社

出版年：2006 年

定　价：14.90 元

NO.5 最好的自己在这里

爱他，就让他去林间吧

文／陈蓉

有个孩子在一天天长大，他第一眼看到的东西，他就成了它，那东西在后来的某一天、某几年或岁月流转中又成了他的一部分。最先见到的丁香花成了这孩子的一部分，还有羊、红红白白的牵牛花，红红白白的三叶草还有那鹌鸟的歌声，还有那三月的羔羊、粉红的猪仔、驴崽和牛犊都变成了他。

——沃尔特·惠特曼

　　这是一个兔子工厂的故事。兔子工厂看上去安静又安逸，连烟囱都没有。兔子们每天只需像流水线上的零件一样被饲养。一只大灰兔和一只小棕兔在笼子里相遇了。大灰兔已经习惯了兔子工厂按部就班的笼子生活，遗忘了外面的自然世界。刚刚被抓进来的小棕兔念念不忘阳光和溪水。两只兔子万般千辛逃出了兔子工厂，面对新的冒险和未知前路，它们作出了不同的选择。

　　约克·史坦纳的《再见，小兔子》如同一部充满悬念的冒险动画短片，在三十页的绘本中，以惊险的内心世界和平和的自然景象两个不同场景为线索，极度流畅和连贯地展现了两只兔子充满矛盾和冲突色彩的生命抉择。

178

看这本图画书，是阅读自然画面和兔子心情的两重享受。一边是清新明丽的乡村风景，太阳初升，鱼儿跃水，风吹草动。月色朦胧中，湿漉的草地，秋虫的鸣叫，宁静的田野。河流、麦田、山脉在书中组成一幅宽广的自然绝美画面，无论白昼黑夜，都能跟随两只兔子的视线，观察到自然界变化着的美。而另一边是兔子的跳跃和飞奔画面，营造出它们逃脱工厂的紧张节奏，让人始终紧张和纠结，与平和的自然景象形成了鲜明的对比。

这是一本召唤孩子们回归自然、走向林间、走向原野、走向山川河流的图画书。借两只兔子的视角、对话和心理活动，折射出我们的现实世界里，很多孩子被困在水泥森林包围的城市中。那没有烟囱、看似安静的兔子工厂，隐喻的就是这样的社会和城市，是当代儿童生活的现实"工厂"。书中说"它们每天除了吃传送带上的饲料外，实在无事可做。所以很快就长得肥肥胖胖的……它们不懂得什么是春夏秋冬，白天和黑夜有什么分别。工厂里没有窗子，只有人工的柔和灯光。"

长期生活在城市里的孩子越来越和自然远离。美国学者、记者兼儿童权益倡导者理查德·洛夫在《林间最后的小孩》一书中指出，丰富、快捷的现代社会能快速满足他们的需求，儿童与自然之间的关系发生了令人惊异的断裂。今天，电子产品环境下成长的一代人缺失与自然的接触，空调、电视、动画片、手机以及网络充斥他们的生活。不止一个孩子坦率地说：我更喜欢在屋里玩，因为只有屋里才有电源插座。

从这个现实角度来看，今天的孩子就如同身陷看似安全、安逸和舒适的兔子工厂，只要有如同电子环境一般的食物，他们就觉得这是最好的幸福生活。所以，在工厂里待得太久的大灰兔，面对新抓来的小棕兔的提问时，早已忘记了萝卜、青草、树叶和松软的泥土是什么味道，也忘记了"外面的世界花儿会开放，天空中飘着云，会下雨、下雪"。它对生命和自然失去了敏感，患上了"自然缺失症"。

三毛的《塑料儿童》曾写到，她在台湾曾邀请几个孩子去看海，让他们领略自然之美。孰料他们一路专注手中的游戏，到了海边仍不为动，说这就是海啊，我们回去吧！动画片 6 点半开始了！其实不需要到别人的题材里寻找现在的孩子的身影，我们身边的孩子们，有多少在该亲近自然风景的时候，在安心吃饭的时候，在户外玩耍的时候，在该阅读的时候，总是面对一台电脑，或手持一个 iPad 不肯放手啊？

从前的孩子们，春天去田野里看野花开放，夏天在溪水里打闹，秋天到家门口的山坡上看枫叶，冬天顶着寒风雪飘打雪仗，他们以在大自然的环抱里自在地打滚、玩耍、追吵为童年的欢乐和幸福。回头看今天这些无奈可怜的孩子，我们成年人除了叹息，是否也该作一些反思：是否从他们出生起，就拉着他们幼小的手，经常带他们走向森林，走向山川，帮助他们摆脱这样的工厂，这样的饲料呢？当他们开始喜爱并沉迷于工业化构造起的眼花缭乱的生活时，我们又在何处，做着什么呢？

也许这样一本书，能帮我们理清一些思绪，帮助家长重新认识并构建孩子和自然的亲密关系，让彼此共同去领略自然之美。只有回到林间自由畅快呼吸的孩子，才会明白真正的自由是什么，真正的幸福是什么，那绝不是手中摆弄的和眼前纷繁复杂的高端技术能带来的心灵快乐。

这本书在最后告诉了读者幸福和不幸的两种结局。经过冒险和努力，挣脱了工厂束缚的小棕兔最终获得了自由自在的林间生活。而贪恋安逸生活的大灰兔，即使已迈出了自由的第一步，但因始终放不下，又主动回到

感动童年的阅读

了看似平静的笼子。结局我们都猜得到，书的开头说："体重达标后就能送屠宰场，但兔子们并不知道。"这个意义又深了一层，超越了本书所表达的孩子和自然的关系，但又没有脱离主旨。家长可以在孩子成长的过程中，慢慢地把这种信息传递给他们并教导他们，只有广阔的大自然，才会为人类创造获得心灵自由的环境，会让他们永远拥有出发的梦想。

《再见，小兔子》

作　者：（瑞士）约克·史坦纳　文
　　　／（瑞士）约克·米勒　　图
译　者：王星
出版社：南海出版社
出版年：2010 年
定　价：29.80 元

智者必胜

文／华万英

　　大象有着庞大的身躯，如柱子般的四肢稳健迈步，在人们的心目中树立着他那高大而伟岸的形象；大象有着多功能的鼻子，能进行挥沙、喷水、卷物的精彩表演，在我们儿时的记忆中印刷着他那神奇而绚丽的色彩；大象挂着一副大大的耳朵、带着一双小小的眼睛，迈着脚踏实地的步伐，在世人的眼里他被定格成了憨厚而沉稳的动物王国大使。但在恩德的《苍蝇和大象的足球赛》绘本作品中，让我们又看到了大象菲菲谦逊、大气、虔诚、善于思考、乐于助人和懂得感恩的另一面。

　　菲菲是个长者，但从不倚老卖老，高傲自居，他时常满怀感激之情，感激大自然对他的恩赐，赋予了他许多优势和天赋。因为有了感激，他就懂得谦虚："我虽有庞大的身体却不能欺负别人"、"看到蓝色天鹅绒般的月亮，与她的神奇相比，我觉得自己很渺小和微不足道"、"小小的鲜花绽放鲜艳的花朵，是很美好的东西我们就不应该在乎你大我小"。

　　菲菲谦逊，但更懂得感恩，在雨季，让动物们来到他的身边，为他们避风挡雨；在夏日，请他们来纳凉休息。菲菲的乐善好施，助人为乐的风格，让他的心身舒适平和，给他的生活带来了快乐和幸福。他会出去散散步，运动运动，也会采些新芽嫩枝享用享用，更多的时

间他会静下心来思考更多的事情，因此面对猴子们的嘲笑，他那富有哲理的回答让猴子们相形见绌，无地自容。

是智者，必爱思考。菲菲认为思考的时间越长，这个想法就越伟大，越深刻。我认为：胜利和成功也将会离你越近。一群自以为是世界上最伟大、最聪明，生活在烂草丛中的苍蝇，为证明自己是世界上最强大的和最不可战胜的，产生了要与大象菲菲展开一场足球比赛的荒唐念头。当他们自以为是赢得比赛，得意忘形时，一场雨水却轻而易举地将苍蝇和烂草堆统统冲去，而森林中的小动物们因为栖身于大象菲菲身边安然无恙。"多美的月亮"下映射着菲菲大智若愚、虚怀若谷的智者风范。

读完这本绘本，我最想说的是：谢谢作者米切尔·恩德为我们带来这么一本好书！

书中的绘画以丰富的视觉语言，传神的笔触，给予故事以最生动的展现。欣赏这些图画，不只对于孩子，对于我们成人来说，也是一次极好的美学熏陶。故事的内容对孩子、对成人同样有启迪，让人去反思。怎样才能快乐，能正确认识自己？像大象一样，享受大自然，享受生活，"不以物喜 不以己悲"，才为智者，才为快乐之人。正所谓："读一本好书，就是和高尚的人谈话。"

卡米拉的条纹

文／金静

拿到《糟糕，身上长条纹了！》，一下就被五彩斑斓的画面吸引了。大卫·香农的书一向都是我比较喜欢的，像大家比较熟悉的《大卫，不可以！》，一直都深受家长和小朋友的喜爱。本着这样的初衷我翻开了这本书，这一看把自己给看进去了，大卫的这本书情节极富戏剧性，我自己的心情也随着故事的情节紧张地跌宕起伏着。

故事告诉孩子们，要坦然接纳自己的特点、性格与各种喜好。开头埋下的伏笔在故事尾声时成了唯一能解决问题的方法。原来，卡米拉喜欢吃青豆却不敢承认，因为她所有的朋友都讨厌吃青豆。不仅如此，她穿衣服也总想迎合别人，可是那么多人怎么迎合得过来呢？一天早晨，当她试过四十多件衣服仍拿不定主意时，奇怪的事发生了，她身上竟长出彩虹一样的条纹！故事戏剧化地发展着，妈妈请来医生，丝毫找不出原因。随着一批批专家学者、专科医生的到来，卡米拉身上的条纹非但没有消失，还变成了各种奇怪的形状，可是当像草莓一样的老婆婆出现后，卡米拉终于愿意坦承自己的喜好，整个事件突然明朗化。就像咒语解除，在房间一阵天旋地转后，卡米拉恢复了原本纯净的孩童面目。从此，卡米拉不再盲目追求别人的认同，真实地做她自己，成为一个虽非众人喜爱、却愉快自在生活的寻常小孩。

简简单单的一本书，蕴含了太多的道理。不同性格、不同年龄的人得到的启发也是不一样的。当我们给孩子讲这个故事时，我们若是教条式地来对孩子讲道理，肯定非常空洞。可是通过这些夸张的图画，让孩子自己在故事中明白道理，是多么地自然，这就是绘本书独特的魅力吧。

看完这本书，我也思考了很多。其实我们成年人有的时候也很像故事中的卡米拉，那么在乎着他人的看法，很多自己没做到的事情就希望自己的孩子可以做到。于是，在孩子还没上小学之前就过早地让他学习拼音，认字，却没有考虑过孩子的想法，没有深入了解过孩子的心理、生理特点。如此"早教"导致了部分孩子在真正进入了小学课堂时，轻视老师所教的知识，培养不起专心认真的听课习惯，这些问题都是我们做家长的要好好思考的啊！

成长过程中怎么处理自己与别人的关系，怎么保有自己的个性，是孩子面临的一个大问题。因此，在孩子的成长道路上，我们家长要时刻肯定孩子，鼓励孩子，多跟孩子沟通，认真倾听孩子的想法。在"润物细无声"和言传身教中给予孩子正面、的积极的教育和引导，这样，我们的孩子才能更快乐健康的成长。

正如大卫告诉我们的，不要在一些无关紧要的细节上过于在意别人的感受，最重要的是自己，在尊重别人感受的同时，始终保持健康自然的自我意愿，这样才能快乐成长。一些有个性的孩子容易成功，但形成个性的过程非常需要勇气。孩子的成长离不开家长的帮助，给孩子坚持自我的勇气和一个个性的未来吧。

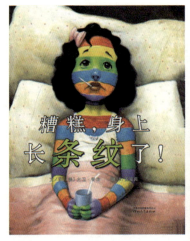

《糟糕，身上张条纹了》

作　者：（美）大卫·香农

译　者：黄筱茵

出版社：河北教育出版社

出版年：2011 年

定　价：31.80 元

感动童年的阅读

跋 ‖ 携手绘本　感受奇迹

　　2008 年, 有朋友送了一本《图画书阅读与经典》给我。在这之前, 我从未听说和关注过图画书, 我所工作的图书馆里也少有图画书。那个夜晚, 我和 6 岁的女儿一起翻开了这本充斥着各种神奇画面、由各色人物和动物形象组成的、故事富有超群想象力的图画书。

　　在彭懿老师所著的这本书里, 通过图文结合的特殊结构我第一次触摸到绘本的基本特征; 第一次知道仅十余页的图画书, 能如此完整和生动地讲述一个孩子爱听的故事, 故事中还隐含着的深刻意味; 当然, 最让人震动的是, 原来在这个世界上, 还存在着这样一种超越我们儿时阅读经历和想象的经典图画书, 而她就在那里, 等待着现在的孩子们幸福地打开。

　　书中的故事我未曾听过看过, 但第一眼翻阅, 就深深吸引了我和孩子:《逃家小兔》、《月光男孩》、《花婆婆》……清晰的记忆里有这样一个场景: 和女儿翻到《活了 100 万次的猫》故事概略介绍的一页, 两三百字, 四幅画面。故事开始时, 野猫的不羁和白猫的孤傲鲜明对照, 而故事讲到最后, 从野猫的放声大哭到田野的宁静, 勾勒出一段爱和生命的感人故事。女儿眼圈红了, 我的内心也顿时柔软、化开。这本书如同一扇天窗, 开启了仰望世界和生活的另一扇门。我俩从那刻起, 步入了给彼此带来奇妙阅读体验的时空隧道。

　　对绘本的关注从此一发不可收拾。《图画书阅读与经典》就像一个索骥图，引导我追随和深入每一个带来快乐、感动和思索的美好童话故事。我相继买来了很多图画书，读给女儿听，读给朋友听，心里充满收藏和分享的喜悦，朋友们也时时被触动并感悟。

每晚看着女儿在图画书里满足地进入梦乡，聆听自己心头的共鸣，我不免思考并感叹于绘本的魅力和意义所在：它不仅是一个孩子的阅读之爱，也能成为更多家长和成年人找回生活的意义，发现世间自然和人性之美的纯净之书。

对真、善、美的追求是人内心的本能，无论幼儿或成人。而一本小小的绘本，却能以我们共同接受和喜爱的方式，超脱于现实的故事想象，又回归于现实真相的一个真实意义，把这样的共通性描绘得贴切而不说教，令人深有同感又发人深思。由此可见，绘本是没有羁绊的，没有年龄之分，她都能用语言和绘画来表现广阔的、自由自在的世界。某种程度上，绘本弥补了中国的传统儿童书籍在贴近儿童情感、语言和绘图的形式风格上未能表达出的欠缺，从广度及内涵上提供了一种新的阅读视野。更有助于儿童找寻到贴近自我心灵的图文方向。

这样的阅读，能从孩提时代就开启，无疑是滋养孩子童年时代最好的精神食粮，对培养孩子早期的阅读兴趣，奠定他们一生良好的品性和人生态度提供了非常重要的帮助。若家长们也能以绘本为沟通和教育的桥梁，对于整个家庭的阅读氛围和亲子环境营造而言，也是绝好的选择。

这样的意识从模糊到日益清楚，就如同一团火苗在我的心中窜动，好的阅读需要分享，让更多的人知道并参与。身为所在城市图书馆的馆长，如果我能在这个相对有利的环境里，向还深处亲子阅读迷惘中的家长推广经典的绘本阅读，那么这既是对阅读的爱心表达，更是我工作中不可

回避的责任。何况，图书馆工作早已教会了我，阅读本应成为每个人生活的一部分，包括所有的家长和孩子。

于是，一个儿童绘本专柜在图书馆里悄悄地出现了。家长和孩子很快被这样一个特殊的书柜吸引了，少数人开始接触国外的儿童绘本，并津津乐道于她的新颖风格。但我并不满足于此，一个懵懵懂懂的构想在脑海里盘旋，逐渐强烈。要在馆内成立一个专门为儿童开设的绘本馆，包括学龄前儿童，只放绘本，没有其他，只为孩子们的阅读服务，而且欢迎每一个家长拉着孩子的手来进行亲子阅读。

为了让这个构想变得可行，2008 年下半年，在朋友的推荐下，我来到上海的"蒲蒲兰绘本馆"参观。那是我第一次走进装满绘本的童话世界，原木的书架，俏皮的推荐，来自世界各地的童趣绘本，以多样的艺术色彩和风格让人眼前惊喜万分。原来绘本的空间可以这样打造，绘本带来的冲击顿时远远超出我们的想象。

这次蒲蒲兰之行，我和他们建立了联系，还出人意料且十分顺利地达成了彭懿老师 2009 年来江阴作图画书讲座的约定。当然，这更坚定了我打造儿童绘本馆的信念，不仅如此，我还有了在绘本馆里定期开展公益故事会的创想。时隔一个月，我再次赴"蒲蒲兰绘本馆"，这次同行的，还有装修设计师。因为属于儿童的阅读天地，绘本馆一定是活泼和安静共建的天地，还要涂抹他们喜爱的色彩，装设成他们心中的童趣乐园。

我和设计师反复推敲商量，几易其稿，同时借鉴国内外儿童阅览室的风格，儿童绘本馆很快进入了设计和施工实施阶段。此时我才知道，国内除了"蒲蒲兰绘本馆"在北京、上海开设独立的图画书商业销售机构外，几乎没有其他的绘本馆，更别说像图书馆创办这样公益的绘本馆了。

我的理解是，除了绘本并不低廉的价格外，很多一线以外城市的家长并不知晓绘本也是主要原因。当时，我所在城市的新华书店虽有少量图画书，但夹杂在少儿图书中，很容易被忽略，很多家长都不知道绘本这么一说。城区极个别的幼儿园虽说也开展了图画书阅读，但更侧重教育研究和科研项目，并没有达到向孩子和家长推广普及这个层面。如此一来，我们馆里的绘本馆能早点面向家长和孩子开放，变得更迫切，且具有必要的意义了。而在阅读倡导这个问题上，没有虽为县级图书馆的人为框框，也为我们实施儿童绘本馆项目增添了行动力。

我亲手买来了装点绘本馆的布艺玩具，亲自选定了亲子阅读的桌椅，从风格到色彩，每个细节，都如同在孕育一个孩子，不敢有半点马虎和随意。我时刻想象到每个不同的孩子在爸爸妈妈的陪伴下进来，他们得到的是精神的喜悦和收获，而每次离开这里，也必将得到心灵的成长和富足。

这份美好的心念同样充溢于所有热爱着孩子、祈愿孩子们爱上阅读的图书馆同仁心中。在我们的共同努力下，全新的绘本馆终于在 2009 年的"六一"儿童节亮相了。她闪亮在一进入图书馆大门就能看到的位置。阅读区里，原木制成的书柜层层错落垒起，欧美绘本、日本绘本、专题绘本、名家绘本分类陈列，年轻的女馆员亲手绘画和涂写，制作了绘本推荐的手工作品；舞台区，孩子们可以赤足走上米色的地毯，坐在台阶上观看投影，听讲故事。整个绘本馆呈现出自然、绿色、清新和童真的氛围。从这一天起，我们以隆重的心意，为孩子们制造了一个图画书的天地，也播撒下了一颗颗幸福的阅读种子。

很快，绘本馆成为很多家长和孩子的快乐阅读空间，他们在这里共

同渡过难忘的阅读启蒙时光。有家长曾对我说，生活在这个城市的孩子因为有了这个绘本馆，童年增添了很多幸福。也有外地的读者对我说，非常羡慕生活在江阴的家长，有这么独特的绘本馆。还有即将小学毕业的小朋友对老师说，他印象最深的两堂课，是老师从图书馆绘本馆里借来两本图画书，给他们讲故事的那次。还有数不清的感激，因为有了美丽的绘本和绘本所连起的美好瞬间，使得我们这群并非专业出身的绘本阅读推广人，与无法计数的家长、老师共同建造起了一座阅读的奇妙城堡。孩子们在其中徜徉、探索、快乐、思考、学习与成长，并为自己铺设了一条走向未来的阅读之路。

2012 年的新年，运行三年的绘本馆已经无法承载更多家庭的关注和喜爱了。她需要变得更大一些，变得更充实一些，变得更宽怀一些。于是，她又有新的变化了。在新一年的春光里，她从以前的一个屋子扩大到两个大屋子，从五十个座位增加到一百个座位，从故事小舞台变成容得下四五十个小朋友的大舞台，孩子们在铺满地板的绘本花园里尽情地品尝绘本的芬芳。

刚刚过去的三年，绘本馆的内在也如一个生长着的有机体，时时刻刻发生着变化，在孩子们期望的眼神中不断成长着。她以"幸福的种子"绘本阅读推广为名，像美丽的"花婆婆"一样，脚步走遍了这个城市和周边农村的学校，把种子播撒到渴望阅读的孩子心里。我们的绘本馆馆员成了"种子老师"、"种子姐姐"、"种子阿姨"，一遍遍地把绘本故事讲给不同的孩子听。每一次听到"姐姐，你们什么时候再来"总让她们感动万分，每一次看到老师和家长兴奋的眼神，她们不再觉得推广绘本是一种平凡的工作经历。

彭懿老师、王一梅老师、梅子涵老师和《东方娃娃》杂志社的阅读推广人等，都在绘本馆里留下他们的足迹，播撒过他们致力于儿童在图画书里成长的理念，帮助我们和家长更深刻地理解绘本的真意，感受绘本的力量。让我们不再迷惑未来的方向，执著于这些看似简单、却具有无限深度和广度的小小绘本。这都是绘本馆成长过程中值得我们诚挚感恩的动人时光。

今天，我们和绘本的缘分已远远超过曾有的想象和模糊的概念。这里，每周都有精彩上演，"种子乐读"系列吸引了无数"种子妈妈"、"种子老师"和"种子伙伴"轮番上场，家长和年龄稍长的孩子们，给一群又一群的孩童讲述经典绘本故事，他们都是推广绘本的志愿者，以公益行为传递对绘本的热爱，对早期阅读的关爱。"种子读演坊"里，每一个家庭成员都化身为绘本的角色，上演爱的温情曲，浓浓的亲情和绘本融为一体，阅读绘本的意义已不再限于书的本身。馆员们又联合起了一帮妈妈们，成立了"种子妈妈读书沙龙"，每月团聚在绘本馆里，探讨她们的阅读体会，推荐和共享优秀的绘本。"种子妈妈读书会"博客和微博遨游在多媒体的空间里，借助网络来推广绘本的影响力，凝聚更多家长们的力量参与到这个城市绘本花园的精心打造中。

全新面貌的绘本馆再次让更多的家长和孩子驻足。这里，人来人往，爸爸、妈妈、爷爷、奶奶、姥姥、姥爷都是孩子阅读的陪伴者，孩子们聆听着亲人的声音，在故事里得到愉悦和欢喜。即使那些依然被抱在怀里的幼儿，也成了这里的"老读者"，他们牙牙学语，却能安静地沉浸在绘本的画面里，你能说这不是绘本带来的奇迹吗？每到故事会时间，人群压着人群，争相观察孩子们的现场表现已是绘本馆的常态，此刻的绘本馆一下子又显得拥挤了。

感动童年的阅读

　　然而，这拥挤让人很温暖。我在里面感受到了宽阔和广大，体验着奇迹一次次光临。每一本打开的图画书，呈现的连贯而丰富的画面，都在叙述着与众不同的人生故事，我们在阅读书籍，也在阅读不断扩展着的情感世界。她有生命，能倾听声音，能感受到诗的语言，能和心灵对话。即使合上书本，书里的一切也会一直留在记忆里，因为绘本里蕴含着无数可能和探寻，能让我们和我们的孩子都用一生去寻味。

　　最后，我要深深感谢为本书顺利出版给予支持、付出辛勤努力的人。无锡市委宣传部的文化出版基金扶持和中国社会科学出版社的课题项目审定编辑，是本书面世的重要原因；著名儿童文学作家梅子涵老师拨冗为本书温暖作序；国家少儿图书馆王志庚馆长在了解了我们的绘本阅读推广，认真阅读完初稿后，激动地书写了热情洋溢的推荐。图书馆其他同仁更是群策群力，为本书浇灌爱心。他们是一直和出版社反复联系、沟通事宜的胡光副馆长；少儿读者服务阵地的钱杰、吴元蕾主任；绘本馆年轻智慧的馆员金静和华万英，她们不仅在书中感动记录了自己缘起绘本的温馨情节，还动员"种子妈妈志愿者们"提笔写下亲子阅读感悟；图书馆的平面设计者徐香怡，几易设计方案，最终把书以美丽的样子呈现到面前。还有把绘本作为研究课题的环南路幼儿园蒋园长提供了老师的文章，他们对儿童的爱，对绘本的爱，成就了这样一本值得骄傲和分享的绘本推广书。这是一个美丽的开始，召唤成一股神奇的力量，把阅读的幸福种子撒向更多家庭，更多儿童，撒向城市和更远的地方。

陈蓉
2013.1.17